Prezado Leitor,

É com imenso prazer que a Statoil Brasil apresenta o livro Cartas a um Jovem Petroleiro. O livro tem como objetivo apresentar aos leitores interessados no tema um panorama da evolução da indústria de petróleo e gás no Brasil através das interessantes experiências vividas pelo autor.

O autor, Jorge Camargo, é uma figura respeitada na indústria de petróleo e gás natural e atualmente atua como consultor senior da Statoil no Brasil, além de participar do board de várias empresas no país e no exterior. Após muitos anos de uma sólida carreira na Petrobras, Jorge Camargo ingressou na Statoil onde, entre outras posições, foi Presidente da Statoil Brasil entre 2006 e 2009. Esse livro é leitura obrigatória para os jovens (e não tão jovens) que desejam descobrir e enxergar as profissões relacionadas à indústria de uma maneira transcendente.

A Statoil é uma empresa de energia internacional integrada e de base tecnológica, focada primariamente em atividades de exploração e produção de petróleo e gás. Nossa missão é atender a demanda mundial por energia de forma responsável. Com sede na Noruega, a companhia está presente em 37 países, onde emprega mais de 21 mil pessoas.

A Statoil está ativamente presente no Brasil desde 2001. Atualmente emprega cerca de 280 funcionários em seu escritório no Rio de Janeiro, além de 700 contratados offshore e onshore. Possui um portfólio de exploração diversificado no Brasil e opera o campo de Peregrino, na Bacia de Campos, que entrou em produção no primeiro semestre de 2011.

A Statoil deseja a você uma próspera carreira nas áreas que englobam a indústria de petróleo e gás e esperamos que você aprecie e aproveite os ensinamentos do autor.

Para conhecerem melhor a Statoil, visitem **www.statoil.com**

Preencha a **ficha de cadastro** no final deste livro
e receba gratuitamente informações
sobre os lançamentos e as promoções da Elsevier.

Consulte também nosso catálogo
completo, últimos lançamentos
e serviços exclusivos no site
www.elsevier.com.br

Jorge Camargo
cartas a um jovem petroleiro
Viver com energia

© 2013, Elsevier Editora Ltda.

Todos os direitos reservados e protegidos pela Lei nº 9.610, de 19/02/1998.

Nenhuma parte deste livro, sem autorização prévia por escrito da editora, poderá ser reproduzida ou transmitida sejam quais forem os meios empregados: eletrônicos, mecânicos, fotográficos, gravação ou quaisquer outros.

Copidesque: Adriana Alves
Revisão: Tássia Hallais e Gabriel Pereira
Editoração Eletrônica: Estúdio Castellani

Elsevier Editora Ltda.
Conhecimento sem Fronteiras
Rua Sete de Setembro, 111 – 16º andar
20050-006 – Centro – Rio de Janeiro – RJ – Brasil

Rua Quintana, 753 – 8º andar
04569-011 – Brooklin – São Paulo – SP – Brasil

Serviço de Atendimento ao Cliente
0800-0265340
sac@elsevier.com.br

ISBN 978-85-352-6689-4

Nota: Muito zelo e técnica foram empregados na edição desta obra. No entanto, podem ocorrer erros de digitação, impressão ou dúvida conceitual. Em qualquer das hipóteses, solicitamos a comunicação ao nosso Serviço de Atendimento ao Cliente, para que possamos esclarecer ou encaminhar a questão.

Nem a editora nem o autor assumem qualquer responsabilidade por eventuais danos ou perdas a pessoas ou bens, originados do uso desta publicação.

Dados Internacionais de Catalogação na Publicação (CIP)
(Câmara Brasileira do Livro, SP, Brasil)

Camargo, Jorge

Jorge Camargo: cartas a um jovem petroleiro: viver com energia. –
– Rio de Janeiro: Elsevier, 2013.
– (Cartas a um jovem)

ISBN 978-85-352-6689-4

1. Cartas brasileiras 2. Petroleiro como profissão 3. Petróleo – Brasil
4. Petróleo – Brasil – História 5. Petróleo – Produção I. Título. II. Série.

12-13310	CDD-338.27280981

Índices para catálogo sistemático:
1. Brasil: Petróleo: Produção: História   338.27280981

Para meu pai,
que praticou a religião do exemplo
e gostava de escrever cartas.

AGRADECIMENTOS

Vou começar por quem eu devo um agradecimento especial, João Carlos De Luca, presidente do Instituto Brasileiro do Petróleo e Biocombustíveis - IBP. Nossa longa amizade transparece e deve ser descontada, na generosidade com que apresenta a mim e ao livro no seu prefácio. O estímulo desde a nossa primeira conversa sobre o livro, a leitura atenta dos originais e as excelentes sugestões, baseadas na sua notável capacidade de julgamento e conhecimento da nossa indústria, me foram de imensa valia. Sou-lhe enormemente grato.

Ainda no IBP, sou muito agradecido ao Álvaro Teixeira, secretário-executivo, pelo patrocínio ao livro e, antes disso, pelos convites para fazer palestras nos excelentes cursos promovidos no IBP. Essas palestras formaram o núcleo inicial do livro, e o prazer em me comunicar com jovens profissionais, a principal motivação para escrevê-lo.

Sou muito grato à Statoil, onde trabalhei nos últimos anos, pelas oportunidades que me ofereceu, entre elas a de enxergar o Brasil e a indústria brasileira de petróleo sob nova perspectiva. A Kjetil Hove, presidente da Statoil do Brasil, e Mauro Andrade, vice-presidente de comunicação, agradeço o apoio ao livro e todo o cuidado, envolvimento, coragem e transparência para comigo.

À Petrobras devo a régua e o compasso que fizeram de mim um petroleiro, os meios para construir uma família e criar meus filhos, e grande parte dos amigos que fiz na vida. Não é pouco. Devo ainda muitas das histórias e experiências que narro no livro, colhidas ao longo de 27 anos de convívio diário com petroleiros da melhor qualidade.

A alguns amigos tive o atrevimento de solicitar que lessem a primeira versão do livro. José Coutinho Barbosa me transmitiu suas memórias e o sentido de reverência aos grandes personagens da nossa indústria; sou-lhe também grato pelas demonstrações de amizade e confiança ao longo de toda a minha carreira. Roberto Ramos, admirável renascentista moderno, a quem muito agradeço por dividir comigo seu profundo conhecimento de assuntos de petróleo, vinhos e muitos outros mais, e recordações de Geisel e Carlos Walter. Confiei no julgamento, como leitor e amigo, de Murilo Marroquim, exploracionista e escritor talentoso, de quem recebi ótimas sugestões – como a de embarcar

Walter Link num Constellation da Panair. Sou imensamente grato a todos eles.

Também foram de grande valor os comentários, sugestões e incentivos que recebi em consultas a amigos e colegas sobre várias destas cartas. A João Figueira, companheiro leal em tantos projetos e aventuras petroleiras, agradeço o esmero em pesquisar documentos, rever números, datas e fazer correções de estilo. Gustavo Tardin, meu mestre em finanças corporativas e protagonista na abertura da "caixa-preta" da Petrobras, muito me ajudou com suas análises incisivas e "provocações". A Clarissa Lins sou grato pela apresentação à Editora Elsevier, por sugestões nas cartas que tratam da gestão Reichstul e por me instigar a escrever sobre petróleo e sustentabilidade – neste caso sem muito êxito, devo dizer. O amigo Gerson Fernandes estimulou-me a desmistificar a pretensa privatização da Petrobras. O brilhante geofísico André Romanelli corrigiu minhas falhas de memória e ofereceu comentários valiosos sobre o processo exploratório que resultou na descoberta do pré-sal. Luiz Costamilan e Francisco Massá testemunharam e me ajudaram a lembrar o heroico desenvolvimento dos primeiros sistemas de produção antecipada na bacia de Campos.

Luiz Felipe Lampreia, Rodolfo Landim, Celso Lucchesi e Ronnie Vaz Moreira leram algumas cartas, me estimularam a concluir o livro e contribuíram com suas perspectivas para melhorar a descrição e interpretação de episódios importantes. Elio Demier me guiou, com atenção e cuidado, pelos caminhos da publicação de um livro. A todos eles, meu muito obrigado.

Quero também agradecer ao extraordinário professor Ivan Proença e aos escritores de sua Oficina Literária, em cujo convívio desenvolvi o prazer de escrever e o desejo de publicar este livro.

Embora ocioso, é preciso ressaltar que nenhum dos citados tem a menor responsabilidade pelas opiniões e interpretações que apresento no livro, embora tenham todos contribuído para melhorar, e muito, o que escrevi.

Por fim, dos agradecimentos os mais afetuosos, e mais devidos, à minha doce Laura, que esteve sempre a meu lado nessa jornada petroleira. Eu não poderia ter escolhido melhor companheira, nem melhor mãe para os nossos filhos Eduardo, Pedro e Ana Luisa.

O AUTOR

Jorge M. T. Camargo, 58 anos, atua há 36 na indústria do petróleo. Formado em geologia pela Universidade de Brasilia e com mestrado em geofísica pela Universidade do Texas, trabalhou por 27 anos na Petrobras, no Brasil e no exterior. Exerceu funções como: Superintendente de Exploração das Bacias Ceará-Potiguar; Gerente Geral da Petrobras no Reino Unido; Diretor de Exploração e Produção e depois Presidente da Braspetro; foi membro da Diretoria Executiva da Petrobras, responsável pela Área Internacional. Em 2003 ingressou na Statoil, inicialmente como Vice-Presidente Sênior na sede em Stavanger, Noruega, e posteriormente se tornou Presidente da Statoil do Brasil. Hoje atua como consultor e conselheiro de empresas e organizações, como Statoil do Brasil, Mills Engenharia, Deepflex,

Karoon Petróleo&Gás, Energy Ventures, McKinsey e Instituto Brasileiro do Petróleo (IBP). Mora em Ipanema, Rio de Janeiro, com sua mulher, Laura.

PREFÁCIO

Após uma convivência de mais de 30 anos com Jorge Camargo, posso citar inúmeras qualidades desse geólogo e geofísico que construiu uma carreira brilhante na indústria do petróleo no Brasil e no exterior. No campo pessoal, é educado, franco, cortês, correto, e exemplo de retidão moral. Como técnico e gerente, extremamente competente, prudente e equilibrado, motivo de admiração e orgulho para todos os que fazem parte da chamada família petroleira.

Só há pouco tempo, no entanto, descobri uma outra notável habilidade do Camargo: a extraordinária capacidade para a escrita, para a arte de contar uma boa história.

Foi há cerca de dois anos, quando ele, depois de correr uma maratona no Rio, resolveu descrever sua experiência e nos surpreendeu com um texto magnífico, requintado, bem-humorado e capaz de encantar o leitor do começo ao fim. Reencontrei esse mesmo encantamento agora ao ler as *Cartas a um jovem petroleiro*, uma coletânea de histórias que ajudam a construir a trajetória da indústria do petróleo no Brasil nas últimas quatro décadas.

O livro cobre experiências colhidas durante 27 anos de Petrobras e 10 anos na norueguesa Statoil, vividos tanto no Brasil como no exterior, relatadas de forma corajosa e fiel à sua versão. Camargo fez uma carreira admirável na Petrobras, onde começou como geofísico de campo e, passo a passo, foi assumindo atribuições até chegar à honrosa função de Diretor da Área Internacional. Depois, ocupou importantes posições na Statoil, uma das grandes do setor petroleiro mundial.

Em uma espécie de conversa com o leitor, o escritor Jorge Camargo surpreende com relatos até hilários, como quando chegou a Stavanger para ocupar a Vice-Presidência Sênior da petroleira norueguesa e foi surpreendido no primeiro mês pela demissão dos dois graduados executivos responsáveis diretos por sua contratação. Sem se abalar, fez prevalecer suas qualidades e ainda permaneceu por lá um ano e meio antes de assumir os negócios da companhia no Brasil.

Ao receber o convite para escrever o prefácio deste livro, tive um sentimento de surpresa, orgulho e privilégio em poder participar de obra tão importante. Confesso que, à medida que avançava em sua leitura e ia me entusiasmando mais e mais com o conteúdo, em paralelo fui sendo tomado por um desafiante questionamento, o que, imagino, poderá ocorrer também com outros colegas petroleiros contemporâneos ao lerem este livro: por que não relatar as experiências vivenciadas por mim nessa história, que também considero minha, complementando aquelas aqui contadas, apoiando ou divergindo, trazendo novos fatos?

Afinal, cada um de nós viveu suas próprias experiências, visões, versões dos fatos, e tem muita coisa interessante para contar, sob ótica própria. Mas saber contar, e bem, é coisa para poucos. E Camargo é um desses! Já fez sua parte; sua grande contribuição aí está.

O texto de *Cartas a um jovem petroleiro* não deixa dúvidas: Camargo escreveu um livro essencial para todos os que desejam entender o setor de petróleo no Brasil e não dispensam o prazer da boa leitura.

É cheio de ensinamentos e histórias, especialmente para os jovens que estão entrando ou pretendendo entrar no fascinante mundo do petróleo, deixando-os ainda mais estimulados a integrarem o setor.

Serve igualmente para aqueles já não tão jovens, como eu, para, com a visão e toque pessoal de Jorge Camargo, reviver a maior parte da experiência aqui relatada e que também vivenciamos.

João Carlos De Luca

SUMÁRIO

1. INTRODUÇÃO	1
2. UM CERTO *MR.* LINK	5
3. OS MILITARES NO PODER	13
4. CARLOS WALTER	21
5. EMOÇÕES EM HOUSTON	29
6. TEMPOS AMARGOS	35
7. A PETROBRAS SE REINVENTA	41
8. COM PELÉ NA NIGÉRIA	51
9. O PRIMEIRO CHEFE NÃO SE ESQUECE	57
10. TEMPO DE RALAR	61
11. COMUNICAR É PRECISO	67
12. A RELIGIÃO DO EXEMPLO	71

13. HONRA AO MÉRITO 77

14. OS TRIBALISTAS 81

15. UM BRASUCA NA NORUEGA 89

16. O MODELO NORUEGUÊS 95

17. O PRÉ-SAL 103

18. NOVO MODELO, VELHAS IDEIAS 113

19. PETRÓLEO NO MEIO AMBIENTE 121

20. TEMPOS INTERESSANTES 129

1. INTRODUÇÃO

Estas cartas reúnem experiências, casos, personagens, opiniões, impressões, recordações, emoções e aprendizados colhidos ao longo da minha carreira na indústria do petróleo. Foram 36 anos intensos, muito mais interessantes e divertidos do que poderia supor quando, num longínquo agosto de 1976, ingressei como geofísico estagiário numa equipe sísmica da Petrobras no interior do Recôncavo baiano. Nunca me arrependi da escolha; hoje a faria de novo, com muito mais razões do que as que me levaram à profissão de petroleiro, lá atrás.

A maior parte dos assuntos tratados nestas cartas foi tema de palestras para jovens profissionais, recém-ingressos na indústria, em aulas de inauguração ou conclusão de cursos de aperfeiçoamento, como os oferecidos pelo Instituto Brasileiro do Petróleo (IBP). Palestras que faço sempre com prazer, pela oportunidade de contar minhas histórias, dividir opiniões e conhecer mais da vida e das ideias da nova geração de petroleiros. Gosto de ver os olhos brilhando, cheios de expectativas e curiosidade, às vezes um pouco assustados, diante dos desafios, dos perigos, da perspectiva de uma nova carreira e toda uma vida pela frente.

Acredito que estas cartas também possam interessar a petroleiros veteranos. Não escondo o orgulho que sinto de ter feito parte de uma geração que levou a indústria do petróleo brasileira de um início marcado por grandes esperanças e muitas dúvidas a uma posição de vanguarda e liderança no cenário mundial.

Não pretendi nelas, nem nas palestras que as precederam, ir a fundo aos temas selecionados. Antes, busco abordar, de modo informal e pessoal, como numa conversa entre colegas, temas variados que acredito interessem a quem está dando os primeiros passos na profissão. Em vez de exaurir assuntos, prefiro causar interesse, provocar debate. Alguns temas são realmente polêmicos e comportam mais de uma opinião ou interpretação. Eu ofereço as minhas.

Procuro trazer sempre casos e experiências pessoais, não só pelo prazer da reminiscência, mas também para mostrar um pouco do que é, ou foi, a vida de um petroleiro da minha geração. Busco também ilustrar as opiniões que emito, a fim de atenuar – espero – a aridez de alguns dos temas abordados nestas cartas petroleiras.

As cartas podem ser lidas em qualquer ordem. Embora haja uma ou outra referência cruzada, tratam de assuntos independentes entre si. No entanto, elas estão agrupadas e ordenadas seguindo uma lógica. As sete primeiras tratam de episódios da história da indústria do petróleo no Brasil – essa extraordinária história de sucesso –, numa abordagem em que destaco a importância da visão e ação de suas lideranças mais marcantes. Em seguida, cartas em que palpito sobre temas como liderança, comunicação, mérito, valores pessoais e corporativos, e ouso oferecer conselhos que acredito serem úteis para a construção de uma carreira bem-sucedida. As últimas cinco cartas tratam de temas atuais, como a nova província do pré-sal, modelos regulatórios, meio ambiente e perspectivas futuras – que antevejo brilhantes – da nossa indústria do petróleo.

As cartas são endereçadas a um jovem petroleiro, de acordo com o título da coleção da Editora Elsevier – mas é muito bom ver cada vez mais jovens petroleiras entre nós. Espero que gostem destas cartas; eu as escrevi para todos – e todas – vocês.

2. UM CERTO *MR.* LINK

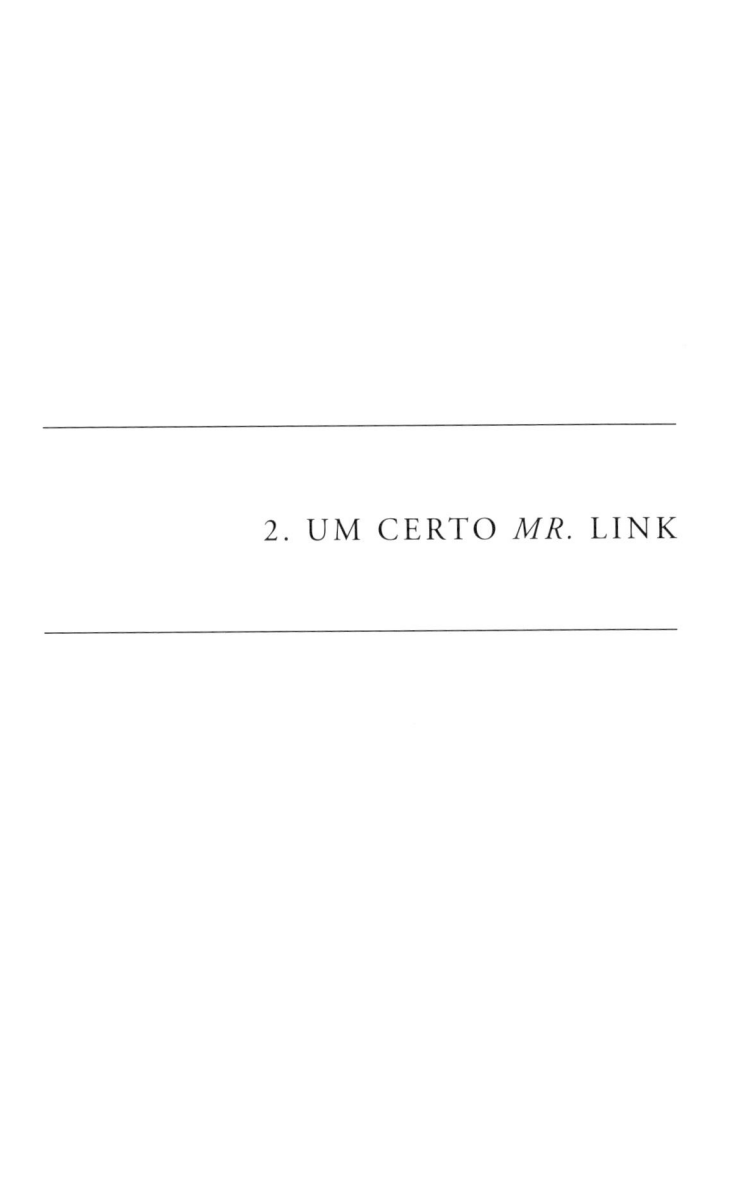

Caro amigo, e agora colega,

Bem-vindo ao fascinante mundo do petróleo! Você não poderia escolher melhor momento para se juntar a nós. Nunca essa indústria esteve tão carente de jovens talentosos como você. E com tantas perspectivas e oportunidades.

Você me pergunta as razões do extraordinário sucesso da indústria brasileira de petróleo. Extraordinário, surpreendente e improvável, eu acrescentaria. Países em desenvolvimento, como o nosso Brasil, costumam se destacar nos esportes, artes, belezas e recursos naturais, nunca em áreas como exploração e produção de petróleo *offshore* – coisa para gente grande. As formidáveis demandas de tecnologia e capital não seriam para o nosso bico. Entretanto, por surpreendentes e improváveis caminhos, a Petrobras não só conquistou um lugar de destaque no seleto grupo de empresas na vanguarda da tecnologia *offshore* como se tornou a maior operadora mundial em águas profundas. Para lhe contar como esse extraordinário feito sucedeu é preciso voltar ao tempo quando tudo começou.

O início da história do petróleo no Brasil é tardio, como quase tudo por estas veredas tropicais. Enquanto a saga do petróleo começa oficialmente com a perfuração dos primeiros poços pelo Coronel Drake em 1859, em Titutsville, Pensilvânia, o Brasil, deitado em berço esplêndido, só acordou para o petróleo quase cem anos depois, com a volta da FEB, a Força Expedicionária Brasileira, na Segunda Guerra Mundial.

Antes disso, na década de 1930, Monteiro Lobato já se debatia pelo petróleo nacional, movido pela convicção de que manobras escusas, teorias conspiratórias e improváveis conluios entre interesses estrangeiros e a burocracia local, representada pelo Conselho Nacional do Petróleo (CNP) e pelo Departamento Nacional de Pesquisas Minerais (DNPM), sonegavam descobertas e sabotavam o desenvolvimento dessa indústria no Brasil. Por coincidência, nossa primeira descoberta de petróleo se deu em Lobato, na Bahia, em 1939. Uma involuntária homenagem ao admirável escritor que revelou o prazer da leitura a tantas gerações de crianças brasileiras.

No entanto, a importância estratégica do petróleo só foi de fato sentida na Segunda Guerra Mundial, durante os penosos períodos de desabastecimento de combustíveis, e depois traduzida pelos oficiais do Exército que se reuniam no Clube Militar do Rio de Janeiro a fim de dar forma e força à ideia de que chegara a hora de o Brasil ingressar na era do petróleo. Esses ideais eram compartilhados, repercutidos e disseminados por todo o país, incendiando corações e mentes. Resultaram num dos maiores, senão o maior, movimento cívico da história brasileira: "O Petróleo é Nosso!"

"O petróleo irá salvar-nos! O petróleo vai nos redimir!" Nesse ambiente messiânico, emocional, em 3 de outubro de 1953, sob a presidência de Getúlio Vargas e forte comoção popular, é criada a Petrobrás – com o acento que perderia nos anos 1970, com autorização da Academia Brasileira de Letras, segundo a qual não se acentuam siglas.

Meu caro, não vou aborrecê-lo com detalhes desses primeiros tempos da nossa indústria. Você, melhor do que eu, saberá pesquisá-los na internet. Quero aproveitar seu interesse e dirigi-lo para alguns personagens que julgo fundamentais na formação da Petrobras e, por consequência, da indústria do petróleo brasileira.

Vou começar pelo personagem mais polêmico, e injustiçado, da nossa história petroleira: o geólogo americano Walter Link.

Mr. Link, como era chamado, chegou ao Brasil em 1955, já na condição de renomado geólogo da Standard Oil, a maior empresa de petróleo do seu tempo, fundada pelo lendário John Rockfeller.

Link foi trazido ao Brasil pelo general Juracy Magalhães, o primeiro presidente da Petrobras, para comandar a busca pelo petróleo brasileiro. É surpreendente e intrigante que num país embalado pela campanha "O Petróleo É Nosso", embriagado de sentimentos nacionalistas, tenham trazido um geólogo estrangeiro, ainda por cima americano, para liderar o mais importante projeto de desenvolvimento nacional da época. É certo que tínhamos poucos profissionais capacitados, mas alguns, formados na excelente Escola de Minas de Ouro Preto, certamente se sentiam capazes de capitanear a empreitada. No entanto, a corajosa decisão, provavelmente recomendada a Getúlio Vargas por Juracy

Magalhães, foi trazer o melhor quadro disponível na época, não importando de onde viesse.

Consigo imaginar Link chegando ao Rio de Janeiro a bordo de um Constellation da Panair, numa luminosa manhã tropical, indo do aeroporto do Galeão ao Copacabana Palace, cruzando o deslumbrante Rio de Janeiro dos anos 1950, recebendo no rosto a brisa macia que vem do mar e pensando no imenso desafio a sua frente. Um país de dimensões continentais, vastas bacias sedimentares praticamente intocadas. Em vez dos macacos e cobras de que o alertaram na Califórnia, via da janela do carro uma gente alegre, sorridente, pendurada em bondes e lotações. Favelas com barracos coloridos, mulheres com latas d'água na cabeça e crianças pelas mãos, jovens bronzeados pelas praias sem fim da cidade, uma mais linda que a outra. O Pão de Açúcar, o Redentor, por todos os lados o charme e a beleza da Cidade Maravilhosa, a capital do Brasil, no seu esplendor.

Link sabia que exploração de petróleo é empreitada complexa que requer gente preparada, muito bem preparada. Encontrou técnicos brasileiros com alguma formação, a maioria oriunda do Conselho Nacional do Petróleo, mas longe do nível de conhecimento presente em empresas como a Standard Oil. Tomou, então, uma decisão arrojada: enviou várias turmas de técnicos brasileiros para as melhores universidades americanas, como a Colorado School of Mines, a Universidade do Texas, a de Oklahoma, entre outras.

No entanto, Link não podia ficar esperando essas turmas voltarem para iniciar a tão ansiada exploração das bacias brasileiras. O Brasil tinha pressa em se tornar uma potência petrolífera. Então, mais uma vez, enfrentou com ousadia a situação, a fim de dar início imediato aos trabalhos: importou dezenas de geólogos, geofísicos e engenheiros estrangeiros, que seriam substituídos e repatriados à medida que os técnicos brasileiros fossem voltando dos estudos nos EUA. Imagine a cena, meu jovem: nos escritórios e corredores da mais importante empresa brasileira da época só se falava inglês!

Além de trazer e treinar técnicos no mais alto padrão internacional, Link implantou na estatal a organização e as práticas das melhores empresas de petróleo do mundo. Assim nascia a Petrobras, de um embrião de excelência, de classe mundial, que definiria de forma fundamental o seu futuro.

Os primeiros passos da empresa, assim como o plano de avaliação das bacias sedimentares brasileiras, sob a condução competente de Link, não poderiam ser melhor traçados. Mas os resultados exploratórios decepcionaram.

Em 1960, após cinco anos de trabalho intenso, começava a ficar claro para Link e sua equipe de exploracionistas que aquelas bacias sedimentares a que direcionaram os esforços exploratórios dificilmente proporcionariam ao Brasil a tão sonhada autossuficiência em petróleo.

O famoso – ou infame – Relatório Link é, na verdade, um conjunto de cartas, telegramas e relatórios técnicos em que Link e sua equipe expõem uma avaliação qualitativa das bacias sedimentares brasileiras, atribuindo notas na forma de letras A, B, C e D, para justificar recomendações sobre como direcionar os futuros investimentos da companhia em função do potencial exploratório dessas bacias.

Essas avaliações, com base em dados geológicos, geofísicos, poços perfurados e nas melhores técnicas da época, são pessimistas quanto ao potencial das bacias paleozoicas brasileiras, como a do Amazonas e do Paraná, nas quais recomendam cessar os investimentos e direcioná-los para bacias de maior potencial, como a da Bahia e Sergipe-Alagoas. Link já sinalizava em suas cartas que dificilmente as bacias terrestres brasileiras proporcionariam reservas e produção de petróleo nos níveis de abundância que o país ambicionava. Para tanto, recomendava investimentos em áreas de maior potencial no exterior, notadamente o Oriente Médio, e, futuramente, nas bacias marítimas brasileiras.

Causou furor e indignação a notícia de que a Petrobras, com base na recomendação do geólogo americano, estava desmontando sua base operacional em Belém e, de certa forma, também o sonho de nos tornarmos uma potência petrolífera. Link foi acusado das piores infâmias, de espião da CIA a comparsa de tenebrosa conspiração internacional para nos manter eternamente no subdesenvolvimento.

Se os dados exploratórios colhidos por Link não se ajustavam à teoria de que o Brasil era riquíssimo em petróleo, ora, descartem-se os dados! Em 1961 descartaram *Mr.* Link e o despacharam de volta à Califórnia, sob intenso linchamento moral.

Link morreu em 1982. Viveu o suficiente para ver confirmadas suas previsões. A Petrobras continuou investindo pesadamente nas bacias paleozoicas, sem descobertas relevantes, como ele temia. Os melhores resultados exploratórios vieram da Bahia e Sergipe, mas ainda modestos para as ambições brasileiras, exatamente como Link previra. Diante das crises do petróleo nos anos 1970, que nos encontrariam importando 90% do petróleo que consumíamos, a companhia brasileira reagiria criando a Braspetro, sua subsidiária internacional que descobriria Majnoon, o campo gigante no Iraque, e se lançaria, com sucesso, na exploração das bacias marítimas. Exatamente como Link recomendara vinte anos antes.

Apesar das limitações da época, as avaliações do potencial das bacias terrestres brasileiras feitas por Link e sua equipe se revelaram de notável precisão, e as recomendações, sábias. No entanto, seu nome continua, no imaginário de muitos, associado a traição, conspiração, sabotagem.

Uma injustiça com o pioneiro americano que lançou as bases organizacionais e de excelência técnica que até hoje ainda se fazem sentir e foram fundamentais para o futuro sucesso da Petrobras. A contribuição de Link foi inestimável, e ele bem que mereceria ter seu retrato no panteão dos grandes personagens da nossa indústria do petróleo.

Um abraço forte.

3. OS MILITARES NO PODER

Caro amigo,

Você, com justa razão, está estranhando a cultura hierárquica, disciplinada e formal que prevalece na indústria brasileira do petróleo em geral, e na Petrobras em particular. Ainda mais por ter deixado recentemente o ambiente libertário que impera na universidade.

A razão é histórica, vem da marcante influência dos militares na criação e na formação da nossa indústria do petróleo.

Como já lhe contei, foi o entusiasmo de jovens oficiais da FEB, que retornaram da Segunda Guerra Mundial impactados em razão da importância estratégica desempenhada pelo petróleo no conflito, o que deu início ao movimento "O Petróleo É Nosso". Esse movimento empolgaria a nação como nenhum outro antes o fizera, nem o faria, e resultaria na criação da Petrobras em 1953.

Foram muitos os generais presidentes da companhia. Juracy Magalhães foi o primeiro, e quem teve a coragem de entregar a um gringo, Walter Link, a missão pioneira de avaliar as bacias brasileiras, como também já lhe escrevi contando.

Após o golpe de 1964, os militares voltaram com força redobrada ao comando da Petrobras. Se já tinham o controle do Brasil, nada mais natural que assumissem o comando da empresa que lhes era tão próxima ao coração.

Nesse período, os militares dominaram e moldaram a estatal a seu estilo. Era notável a força com que transmitiram a todos na empresa o sentido de missão – a missão de abastecer o país, a missão de avaliar o potencial das bacias sedimentares brasileiras. A influência militar também deixou sua marca na forma de exercitar a liderança, organizar, treinar, tratar as pessoas, além do nacionalismo, dedicação e formalismo. Até hoje, como você mesmo percebeu, essa influência ainda se faz sentida.

Disciplina, hierarquia, reconhecimento ao mérito e sentido de missão são valores e práticas castrenses que funcionam muito bem no mundo corporativo. As Forças Armadas eram uma instituição à frente do Brasil da época, tanto que prevaleceram no poder por 25 anos. Se retardaram a evolução das instituições políticas e da democracia brasileira, o balanço da presença dos militares na Petrobras é amplamente positivo.

Além do legado aos valores e à cultura da empresa, talvez a maior contribuição dos militares tenha sido sua blindagem contra a sanha dos maus políticos, que transformam empresas estatais em cabides de emprego e antros de corrupção e ineficiência.

Os militares encontraram a Petrobras pós-Link sem um rumo definido. A missão russa que viera desmentir Link também não conseguira produzir resultados exploratórios animadores. Eram tempos de petróleo barato, e a produção mundial era controlada pelas Sete Irmãs (como eram chamadas as empresas resultantes do desmembramento da Standard Oil – Exxon, Chevron, Mobil, Texaco e Gulf –, mais as europeias BP e Shell), que mantinham a matéria-prima barata e extraíam as melhores margens do refino e distribuição de derivados nos mercados internacionais que controlavam.

Nesse contexto, os militares, sem muito alarde, mudaram o foco da empresa. Em vez da busca pela autossuficiência, o objetivo principal e missão da Petrobras passou a ser garantir o abastecimento nacional. Teve início a construção das principais refinarias brasileiras e, junto com elas, se desenvolveu a engenharia nacional, protegida pelo nacionalismo e desenvolvimentismo tão caros aos militares.

Foi nessa época, em 1976, que ingressei na Petrobras, na região de produção da Bahia. Lembro-me de ter sido aconselhado por um colega baiano para deixar de lado a carreira de geofísico e me candidatar a uma vaga na área de segurança operacional que se abrira na refinaria de Mataripe. Nem cogitei seguir tal conselho; apenas lhe conto esse episódio para ilustrar que mesmo dentro da companhia muitos não viam futuro na exploração de petróleo no país.

Ernesto Geisel foi quem talvez melhor representou a dinastia de generais que presidiram a empresa no período militar. Ainda como coronel, foi superintendente da Refinaria Presidente Bernardes, em Cubatão, estreitando sua relação com a Petrobras, da qual nunca se separou. Era austero, rigoroso, cara de poucos amigos. Na descrição de um atento observador, "Geisel era uma pessoa que, quando irritado e provocado, parecia Netuno saindo das águas com o seu tridente. Falava em tom cada vez mais alto e contradizia o interlocutor com veemência." (Luiz Felipe Lampreia, em *O Brasil e os ventos do mundo*, Editora Objetiva, 2009). Geisel não veio ao mundo a passeio.

Ernesto Geisel deixou a presidência da Petrobras para assumir a presidência do Brasil – o que nos mostra a dimensão do cargo de presidente da estatal na época, e da estatura do seu então general-presidente.

Os anos 1970 eram tempos em que do Oriente Médio nos chegavam sucessivas ondas de choques sobre os preços do petróleo. Era o fim de uma era de petróleo barato e abastecimento seguro. No Brasil, a profunda dependência de petróleo importado parecia invencível, o que causava ansiedade e desalento aos brasileiros.

A crise do petróleo pegou o Brasil de calças curtas, com Geisel na presidência da República. A subida vertiginosa de seu preço traria consequências devastadoras para a economia brasileira, que dependia em quase 90% de petróleo importado.

Em resposta a essa crise, Geisel reagiu com várias decisões importantes, entre elas a abertura do Brasil a investimentos privados por meio de contratos de risco. Lembro-me bem do pronunciamento de Geisel à nação, em rede de televisão durante o "Jornal Nacional", anunciando sua decisão de abrir o país aos contratos de risco. O semblante tenso e a frase "entendo os que são contra, esta é uma posição que já foi minha" revelavam o quão difícil foi para aquele general a decisão de abrir uma brecha no monopólio da Petrobras, um ideal que tanto o empolgara quando jovem oficial nacionalista.

Ainda como reação à crise do petróleo, Geisel criou o Proálcool, um programa que nos custou bilhões, mas demonstrou que é possível produzir e distribuir biocombustíveis em grande escala no Brasil.

No âmbito do petróleo, além dos contratos de risco, foi criada a Braspetro, subsidiária voltada para a exploração de petróleo internacional, e tomada a iniciativa de maior impacto para o futuro energético do país: a intensificação da exploração *offshore* nas bacias marítimas brasileiras. Essas últimas decisões, como você se lembra, foram recomendações de *Mr.* Link. Embora a abertura do país a investimentos estrangeiros não tivesse sido recomendada por Link, certamente ele também aprovaria.

Se antes de tomar essas decisões Geisel tivesse recorrido aos conselhos de uma firma de consultoria estratégica, muito provavelmente ouviria do consultor que abrir o país a investimentos privados fazia todo sentido, mas a Petrobras investir em exploração *offshore* e no exterior, decididamente não. Como uma empresa estatal, de Terceiro Mundo, poderia competir com as grandes petroleiras internacionais fora da proteção de suas fronteiras? Como uma empresa como a Petrobras da época, voltada para o refino e distribuição, poderia se aventurar em exploração *offshore* se essa era empreitada para poucas empresas de petróleo, as na vanguarda do desenvolvimento tecnológico?

Pois os resultados das decisões de Geisel foram justamente o contrário do que suporia esse hipotético consultor.

Com exceção de Merluza, uma pequena descoberta de gás na bacia de Santos, os contratos de risco resultaram em retumbantes fracassos. O prejuízo teria sido apenas dos acionistas das empresas que investiram no Brasil, não fosse a aventura Paulipetro, criada para alavancar a candidatura de Paulo Maluf à presidência da República, que torrou centenas de milhões de dinheiro público na exploração estapafúrdia da bacia do Paraná – pensando melhor, se o fracasso da Paulipetro nos poupou de uma presidência malufista, francamente, saiu barato.

A descoberta do megacampo de Majnoon, no Iraque, em 1975, com reservas provavelmente superiores a 10 bilhões de barris de petróleo, nos dá uma medida do sucesso da Braspetro no *front* internacional.

Mas, indiscutivelmente, a iniciativa que transformaria a Petrobras na potência que é hoje viria da investida *offshore*, como vou lhe contar em mais detalhes numa próxima carta.

Onde foi que errou nosso hipotético consultor? Ele cometeu o mesmo erro que as empresas que apostaram – e perderam – nos contratos de riscos. Subestimaram a capacidade dos técnicos da Petrobras. Depois de duas décadas de preparação, dentro de padrões Link e Carlos Walter (vou lhe contar sobre esse personagem na próxima carta) de treinamento, a equipe técnica da Petrobras já era de nível internacional há tempos, e estava preparada para os desafios e oportunidades que se apresentariam. Para a surpresa de muitos e até dela própria.

As empresas que assinaram os contratos de risco deixaram o Brasil com um gosto amargo na boca –"o pessoal da Petrobras só ofereceu carne de pescoço". Não deveriam esperar que oferecessem filé. Foi pena para as empresas e para o Brasil que os investimentos tenham sido malsucedidos. Cabia à companhia oferecer as áreas de maior risco, e aos técnicos das empresas investidoras avaliar se os possíveis prêmios justificavam os riscos e os investimentos. Os técnicos da Petrobras fizeram o dever de casa bem feito; os de fora, não.

A saga da Petrobras no *offshore* brasileiro teve início no período dos militares no poder e foi liderada por Carlos Walter Marinho Campos. Este será o assunto da minha próxima carta.

Um abraço forte.

4. CARLOS WALTER

Caro amigo,

Carlos Walter Marinho Campos foi a perfeita tradução dos legados de Walter Link e dos militares no poder. Formado pela Escola de Minas de Ouro Preto, estava entre os primeiros técnicos brasileiros enviados por Link para estudar nos EUA, na prestigiosa Colorado School of Mines.

Carlos Walter era um entusiasta do conhecimento. Ao assumir a liderança do Departamento de Exploração da Petrobras, em 1967, retomou e ampliou a ideia de enviar geólogos, geofísicos e engenheiros da Petrobras para se aperfeiçoarem nas melhores universidades no exterior – iniciativa que, desde a partida de Link, declinara. Desenvolveu também centros de excelência em petróleo em várias universidades brasileiras, importando renomados professores estrangeiros e assim multiplicando a capacidade de treinamento, em alto nível, dos técnicos da Petrobras. Acompanhava pessoalmente os programas de treinamento, cobrava e exigia dedicação e resultados de todos, alunos e professores.

Conheci Carlos Walter quando era geofísico estagiário numa equipe sísmica na Bahia. Em razão do alvoroço que antecedeu sua visita, pude perceber a reverência, e mesmo o temor, que inspirava nas pessoas. A inspeção correu bem. O chefe Marcos Amaral mantinha a equipe nos trinques. Sem nada a reparar, Carlos Walter já se preparava para voltar a Salvador quando resolveu perguntar ao grupo de computadores – como eram chamados os que computavam coordenadas topográficas usando nos cálculos antigas máquinas Facit de manivela – como estava indo o serviço.

– Doutor, estamos com algum atraso na topografia, mas trabalhando firme para colocar o serviço em dia.

Carlos Walter crispou os lábios, estufou as veias jugulares, avermelhou a face e, com um murro na mesa, explodiu em fúria:

– Vocês botem a topografia em dia imediatamente ou eu chego amanhã no Rio e fecho esta merda!

Muitos anos depois, já com alguma intimidade com Carlos Walter, perguntei a razão dessas explosões, desproporcionais e constrangedoras.

– Camargo, a Petrobras é muito grande e espalhada. Por mais que eu viaje, tenho poucas oportunidades de visitar cada uma das unidades operacionais. Sei que uma bronca minha mantém o pessoal na ponta dos cascos por bastante tempo. Portanto, eu não perco, às vezes até invento, oportunidade para um esculacho. Nunca quis ser popular; eu quero que a Petrobras funcione.

Carlos Walter exigia – e obtinha – muito das pessoas. Muitos, sobretudo os destinatários de suas demonstrações de ira e autoritarismo, têm suas razões para desgostar do personagem. No entanto, não se deve avaliar Carlos Walter fora de sua época. Eram tempos de ditadura militar, de autoritarismo, e o estilo gerencial tipo capataz prevalecia nas corporações. Carlos Walter era um homem do seu tempo.

Carlos Walter liderou o grande salto que transformou a Petrobras de uma obscura empresa estatal de Terceiro Mundo numa potência tecnológica de exploração e produção em alto-mar.

Tudo começou com o descobrimento de Guaricema, em 1968, no litoral de Sergipe. Garoupa, em 1974, foi a primeira de uma série de descobertas que, gradualmente, descortinaram a generosidade da bacia de Campos – depois vieram Namorado (1975), Enchova (1976), Bonito (1977) e Cherne (1978). À medida que avançávamos mar adentro, em águas cada vez mais profundas, maiores eram as descobertas, como Albacora (1984) e Marlim (1985) – esses já folgadamente na categoria de campos gigantes, com reservas da ordem de vários bilhões de barris.

Descobrir petróleo era importante, mas não suficiente. A fim de atenuar o impacto dos choques do petróleo da década de 1970, que elevaram o preço do barril de US$2 para US$14 em 1973, e depois para US$40 em 1979 (isso em dólares da época!), era preciso colocar as descobertas em produção. E rápido. Aí residia o problema; a tecnologia *offshore* engatinhava. Não fazia sentido desenvolvê-la num mundo de petróleo farto e barato.

Os sistemas de produção *offshore* da época, desenvolvidos no Mar do Norte e Golfo do México, eram baseados em plataformas gigantescas, que se assentavam no assoalho oceânico e levavam muitos anos para serem construídas. O Brasil tinha pressa, era preciso acelerar a produção, qualquer barril de óleo que substituísse um barril importado ajudava.

Em 1975, nos chegou do Mar do Norte a notícia de uma experiência pioneira, no campo de Argyll, em que uma plataforma de perfuração fora transformada em plataforma de produção, de forma a permitir que o poço recém-perfurado fosse completado para produzir diretamente para um navio-cisterna. Alguns técnicos da Petrobras foram ver como a coisa funcionava e voltaram dispostos a testar a ideia no campo de Enchova. Foi o nosso primeiro "sistema de produção antecipada", uma forma de acelerar a produção enquanto os sistemas definitivos eram construídos.

Outras ideias e inovações iam surgindo, permitindo conectar diretamente poços a navios, ou a "sistemas flutuantes de produção", e eram avidamente testadas pela Petrobras. Essa foi a grande contribuição da empresa ao desenvolvimento da tecnologia *offshore*. Nem tanto na geração de inovações tecnológicas, mas pela coragem em testar as que surgiam e a capacidade de adaptá-las para fazê-las funcionar.

Um caso que ilustra bem o modo Petrobras de fazer progredir a tecnologia *offshore* vem do próprio campo de Enchova, que, como lhe disse, foi pioneiro nos sistemas de produção antecipada. Um dos aspectos mais complicados do modelo Argyll nem era tanto adaptar uma plataforma de perfuração e o poço para produzir diretamente para um navio cisterna, e sim estabilizar o navio para que a transferência de óleo se desse de forma contínua e segura. Consta que, por essa época, uma delegação norueguesa visitou a Petrobras para conhecer Enchova, que já era tido como um dos mais avançados sistemas de produção *offshore*. Um dos noruegueses quis saber exatamente que equações e modelos matemáticos os engenheiros da Petrobras utilizaram para calcular como estabilizar o navio cisterna.

– Veja bem – respondeu o engenheiro da Petrobras –, nós primeiro ancoramos o navio com dois cabos; os cabos arrebentaram. Colocamos três; também arrebentaram. Quando usamos quatro cabos, o navio se estabilizou, e desde então quatro cabos é o nosso padrão.

Essa história pode parecer depreciativa, mas não é. Demonstra arrojo e confiança de quem detém uma sólida base de conhecimento e experiência que lhe permite buscar soluções práticas, descobrir caminhos, além dos que a teoria pode oferecer.

Meu jovem, não é difícil definir o que garante o sucesso de um empreendimento: liderança com uma visão clara de onde se quer chegar e gente capacitada, como os engenheiros Salim Armando, Zephyrino Machado e tantos outros, para transformar a visão em realidade.

Carlos Walter liderou a aventura da Petrobras mar adentro, tinha a visão clara de que o futuro da empresa estava no desenvolvimento das bacias marítimas brasileiras e formou gerações de petroleiros que transformaram essa visão em realidade.

Carlos Walter esteve à frente da exploração, e depois também da produção, na Petrobras de 1967 a1985, quando se aposentou. Mérito, mais uma vez, para os militares que, no poder, garantiram por tantos anos a continuidade de sua liderança, visionária e transformadora.

Meu caro, quem quiser falar ou escrever sobre a extraordinária história de sucesso da indústria do petróleo no Brasil não pode deixar de fazer referência, e prestar reverência, a Carlos Walter Marinho Campos.

Um abraço.

5. EMOÇÕES EM HOUSTON

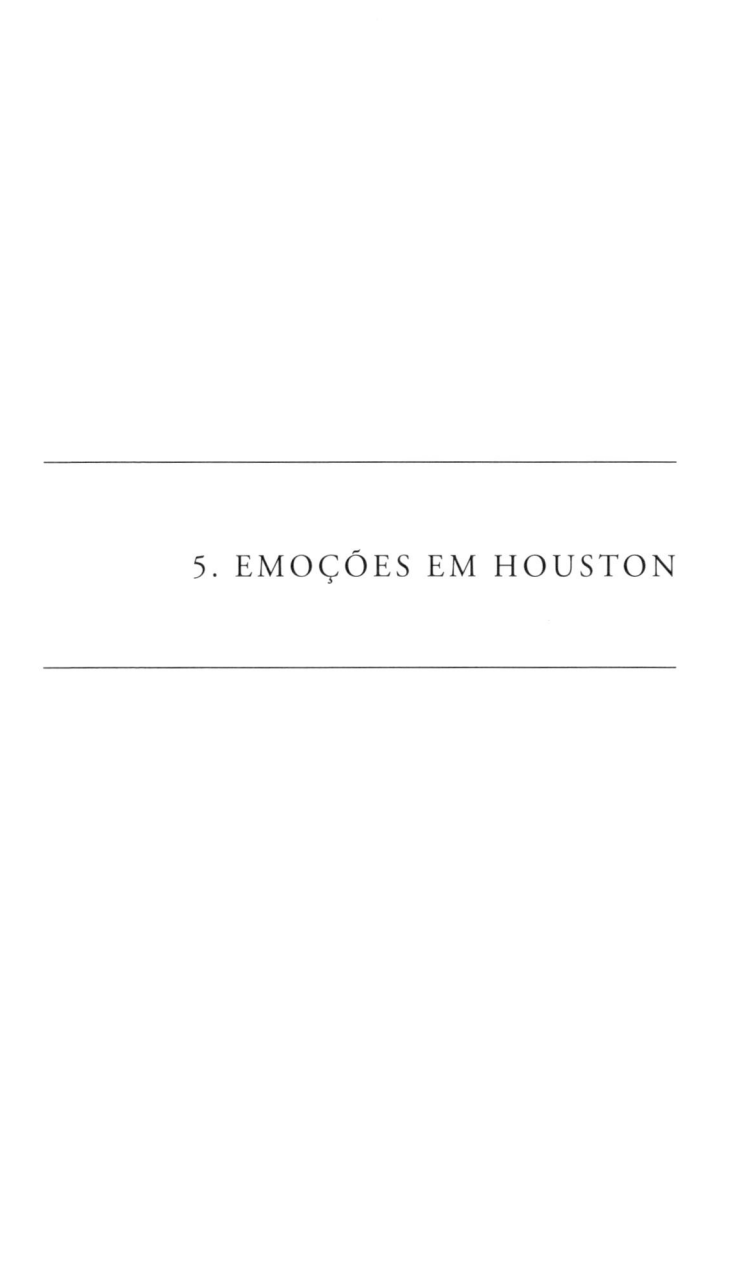

Querido amigo,

Hoje quero lhe contar sobre uma das grandes emoções da minha vida de petroleiro. Foi em Houston, Texas, ano de 1992, quando pela primeira vez a Petrobras recebeu o prêmio da OTC, a Offshore Technology Conference, considerado o Oscar do petróleo, todo ano conferido à empresa que der a maior contribuição ao desenvolvimento da tecnologia *offshore*.

O prêmio, merecidíssimo, destacava a proeza da Petrobras em colocar em produção o campo de Marlim, sob 1000m de coluna d'água. Eu estava escalado na pequena delegação que foi buscar o troféu, e ainda teria de fazer uma palestra sobre exploração de petróleo na bacia de Campos, num seminário organizado pela Petrobras naquele grande evento internacional.

Já há 16 anos na Petrobras, eu trabalhara em muitos setores e regiões, nunca na bacia de Campos. Fui escolhido pela experiência, mesmo que pouca, em fazer apresentações em inglês no exterior – já tinha apresentado minha tese de mestrado num congresso internacional de geofísica. Veja você, mais um exemplo da experiência em comunicação, no caso em inglês, gerando valiosa oportunidade profissional.

Recebi os slides – dos antigos, aqueles emoldurados em quadradinhos de plástico; ainda esperaríamos muitos anos pelo PowerPoint – e me preparei para apresentá-los condignamente. Isso para mim significava, e ainda significa, escrever e saber, quase de cor, o que iria dizer, para não me perder nem falar besteiras. Depois de alguns dias de preparação e ensaios, me dei por satisfeito. Se mantivesse o nervosismo sob controle, não teria problemas em fazer a apresentação, a não ser que me fizessem perguntas capciosas – qualquer pergunta fora do meu script já seria qualificada como tal.

Chegamos a Houston de manhã e fomos direto para o escritório da Petrobras repassar as apresentações. O chefe do escritório local da companhia não gostou do que viu e ouviu. "Slides requentados, histórias já contadas, nenhuma novidade", assim externou, enfaticamente, sua decepção.

A avaliação desse gerente, decerto melhor conhecedor das expectativas locais, em nada contribuiu para nossa autoconfiança. Ao final da tarde daquele longo dia, fomos para o hotel mudos, murchos e moídos da longa viagem aérea (naquele tempo, uma viagem ao exterior era tamanho privilégio que requeria autorização do Ministro de Minas e Energia; classe executiva, então, nem pensar), descansar para o grande dia seguinte.

Dormi mal, como de hábito em vésperas de grandes eventos, repassando mentalmente a apresentação, pensando maneiras de melhorar a forma – já que o conteúdo, considerado fraco, não teria como incrementar. No dia seguinte, fomos bem cedo para o hotel onde se daria o seminário da Petrobras.

Sofri um impacto ao entrar no salão em que faríamos as apresentações. Gigantesco, forrado de um espesso carpete estampado, candelabros formidáveis, tudo um tanto cafona e tipicamente americano. Senti-me pequeno e deslocado em meio às proporções texanas do ambiente.

Um exagero. Melhor seria uma sala menor cheia do que aquele melancólico salão de baile semivazio. Imaginei, com o meu incorrigível complexo de vira-lata, que o interesse pelo que tínhamos a apresentar seria certamente bastante limitado.

No entanto, aos poucos, foi chegando gente, e gente, e gente. Não só técnicos, como eu esperava, mas também gerentes de alto coturno, capitães da indústria, engravatados e enfatiotados em ternos finos, bem cortados, que me faziam sentir ainda mais inadequado no meu paletó de tergal barato da Casa José Silva.

Quando subimos ao palco, o imenso salão estava completamente lotado. Gente em pé se comprimindo pelas laterais, muitos querendo entrar e não conseguindo. Lá estava eu, diante daquele mar de gringos, vindos de todos os cantos e quadrantes para ouvir e aprender como nossa companhia conseguiu a proeza de descobrir e desenvolver campos de petróleo em tão profundas águas da bacia de Campos.

Seria o primeiro a falar. Diante das circunstâncias, não preciso dizer que não só borboletas, mas enxames de besouros e abelhas voavam como loucos por todo o abdome, invadiam-me o tórax e ameaçavam a todo instante sair pela boca.

Mais uma vez na vida, não me arrependi de ter me preparado bem para a ocasião. A palestra saiu como eu a planejara. A surpresa ficou por conta da estrondosa salva de palmas que a sucedeu.

Fiquei observando a plateia enquanto meus colegas falavam sobre as novidades e os feitos nas áreas de perfuração e produção. Todos pareciam realmente impressionados com o que viam e ouviam. Isso era notado pelos olhares atentos, pelo ritmo das anotações, pelos comentários laterais e, principalmente, pelas palmas consagradoras com que nos brindavam a cada final de palestra.

Chegara a hora por mim mais temida, a das perguntas da plateia. Fui poupado das primeiras. Respondi a uma pergunta, fácil. Já estava me sentindo cruzando a linha de chegada quando alguém na audiência levantou a mão:

– *Mr.* Camargo, qual é a estratégia da Petrobras para testes de formação nos poços exploratórios da bacia de Campos?

Não tinha a menor ideia. Silêncio no imenso salão. Sem coragem de confessar minha ignorância, fui falando, enrolando, e depois de algum tempo dei a pergunta por respondida. Se alguém tentasse resumir o que eu disse, acho que seria mais ou menos o seguinte:

"A estratégia de testes de formação da Petrobras na bacia de Campos é... hum, hum... a melhor possível."

Depois das palestras, um *brunch*, em que fomos cercados, interrogados, elogiados, tratados como estrelas de cinema.

Mais tarde, mais emoção: a sessão solene da OTC em que a Petrobras receberia o maior prêmio da indústria do petróleo, o maior prêmio de sua história. Guilherme Estrella, na época chefe do Centro de Pesquisas da Petrobras, os olhos brilhando, subiu ao pódio para receber a honraria em nome da companhia; em nome da criatividade, pioneirismo, esforço, arrojo e valor dos petroleiros brasileiros. Na plateia, eu tentava conter a emoção batendo palmas feito um celerado, um orgulho tamanho que mal me cabia no peito, a alma lavada de todo e qualquer complexo de vira-lata.

Dada a dimensão da conquista, no Brasil foram parcimoniosos os elogios e modesta a repercussão do prêmio. Eram tempos amargos, em que, em casa, a Petrobras era tratada como Geni, às pedradas. Uma pena. O Brasil perdeu a oportunidade de celebrar uma extraordinária proeza nacional, talvez o seu maior feito tecnológico desde Santos Dumont – curiosamente, o feito de Santos Dumont só é reconhecido no Brasil; o da Petrobras só o foi no exterior.

Meu jovem, a vida me tem sido generosa em oportunidades e emoções, mas poucas tão marcantes como as que vivi durante a OTC de 1992.

Um abraço.

6. TEMPOS AMARGOS

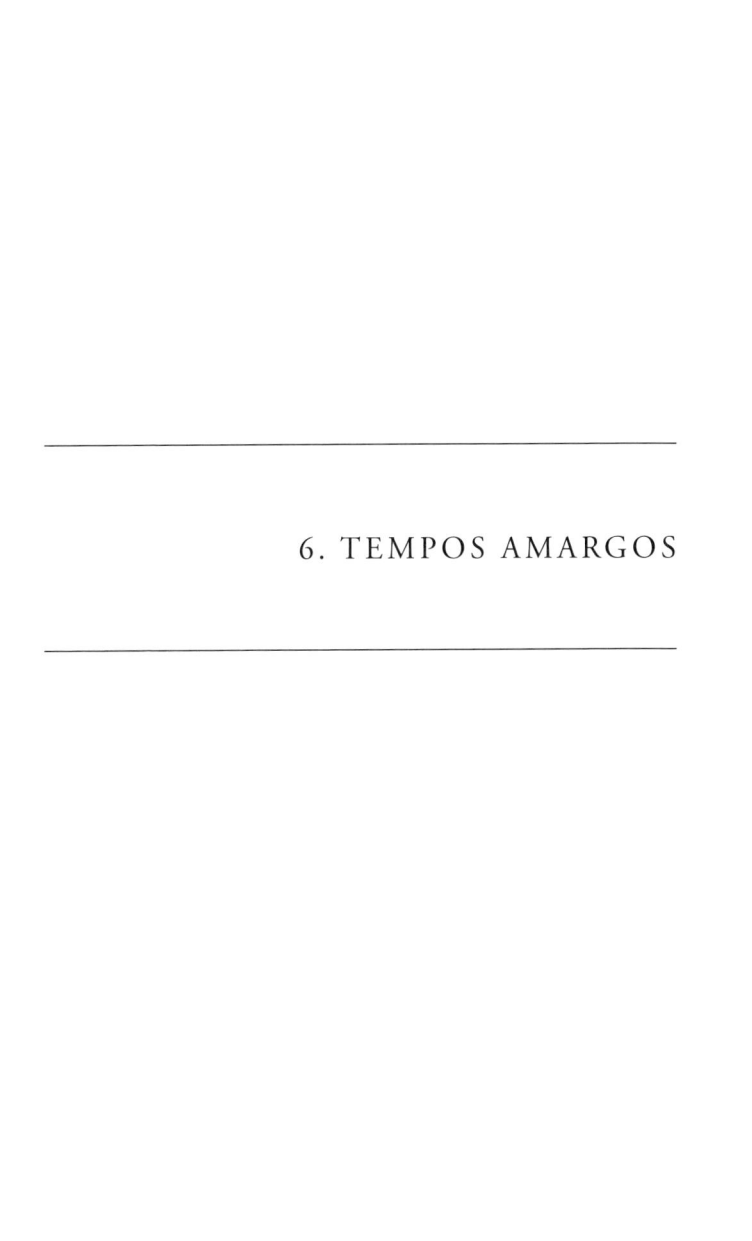

Caro amigo,

Infelizmente, meu jovem, glórias passadas não são garantia de glórias futuras. Deitar sobre os louros é mais antigo que o Coliseu de Roma. Quantas famílias, empresas, países, civilizações entram em decadência ainda se sentindo no auge – ou justamente por isso.

A Petrobras havia superado brilhantemente o desafio das águas profundas. Seria capaz de superar o fim do monopólio?

Nos anos 1980, os ventos do mundo mudaram. Ronald Reagan e Margareth Thatcher lideraram uma onda liberalizante que se alastrou por todo o Ocidente. A nova ordem era privatizar, desregulamentar, flexibilizar, romper com os confortáveis preceitos socialdemocratas que prevaleceram desde a Segunda Guerra Mundial e mostravam sinais de exaustão.

Nessa época, apesar do extraordinário sucesso no desenvolvimento da bacia de Campos, a Petrobras também mostrava sinais claros de declínio, fadiga, erosão interna. Greves, umas atrás das outras, presidentes e diretores sendo nomeados e descartados como se fossem cartas de um jogo frenético e caótico.

As críticas, muitas injustas, mas não menos implacáveis, vinham de todos os quadrantes do espectro ideológico. A Petrobras na mídia e na mente da maioria das pessoas estava sempre associada a imagens depreciativas, caixa-preta, marajás, "Petrossauro" – esta, uma invenção cruel de Roberto Campos.

Por incrível que pareça, meu caro, nesses tempos amargos, apesar do trabalho duro e dos resultados admiráveis obtidos pelos petroleiros brasileiros, era no exterior onde mais e melhor recebíamos reconhecimento e podíamos externar o orgulho de trabalhar na Petrobras.

Portanto, quando em 1992 me foi feito o convite para chefiar a unidade da Braspetro no Reino Unido, não pensei duas vezes. Além do extraordinário desafio profissional – liderar uma empresa de exploração e produção no Mar do Norte! –, a oportunidade de juntar uns trocados para comprar um apartamento no Rio de Janeiro e sair do ambiente pesado em que a empresa se encontrava no Brasil – é claro que seria um "sacrifício" enorme morar em Londres com a família, mas alguém tinha de fazê-lo...

Os ventos de mudança chegaram ao Brasil, com algum atraso, como sempre, nos anos 1990. Mais precisamente, com o Plano Real em 1994, que pôs fim ao pesadelo da inflação crônica que atormentou os brasileiros por décadas. A vitória sobre a inflação trouxe de volta a esperança e um ambiente propício para reformas mais profundas no país.

Em 1995, aconteceu o que para muitos parecia impossível, em razão da carga emocional que o movimento "O Petróleo É Nosso" ainda ecoava: o Congresso Nacional aprovou uma emenda constitucional que "flexibilizava" o monopólio da companhia. Em 1997, a Lei nº 9478 regulamentou a emenda constitucional e, na prática, abriu o Brasil a investimentos privados no setor de petróleo.

A Petrobras não estava preparada para o fim do monopólio, até por se recusar a discutir a nova realidade; a cabeça enterrada na areia, em estado de negação.

Lembro-me de um exercício de planejamento estratégico feito nessa época pelos gerentes da Petrobras cuja melhor parte do tempo foi gasta discutindo se devíamos ou não analisar um cenário em que o monopólio da companhia fosse quebrado no futuro. Repare que a discussão não era sobre o mérito, e sim se devíamos ou não analisar um cenário futuro em que a empresa não mais teria a proteção do monopólio. Ainda mais bizantina que a discussão foi a conclusão de que não deveríamos sequer analisar as implicações, certamente profundas, de um cenário de competição doméstica. Os que foram voto vencido, como eu, foram olhados por alguns com o desdém que se reserva aos traidores. Uns vistos como traidores; outros como autistas.

É comum empresas afundarem abraçadas a glórias passadas. Assim como a Carolina da canção do Chico, não veem que o tempo passou na janela. Exemplo maior foi o da Varig, "a estrela brasileira no céu azul", que por décadas foi a melhor imagem do Brasil no exterior, nosso orgulho em razão do excelente padrão de serviço. Não conseguiu, ou não quis, se desvencilhar de uma estrutura de governança corporativista, obsoleta, e adaptar-se ao novo ambiente de mercado, aberto e competitivo. Morreu abraçada a proteções, direitos e subsídios insustentáveis e à ilusão de que não a deixariam quebrar. Naufragou, lenta e majestosamente, para a tristeza dos brasileiros e drama dos seus empregados, aposentados e pensionistas.

A Petrobras parecia destinada a seguir semelhante trajetória. Porém, esse destino foi evitado graças à visão, maestria e capacidade de Philippe Reichstul, que assumiu o timão da empresa em março de 1999. Mas este é assunto para a próxima carta.

Abração.

7. A PETROBRAS SE REINVENTA

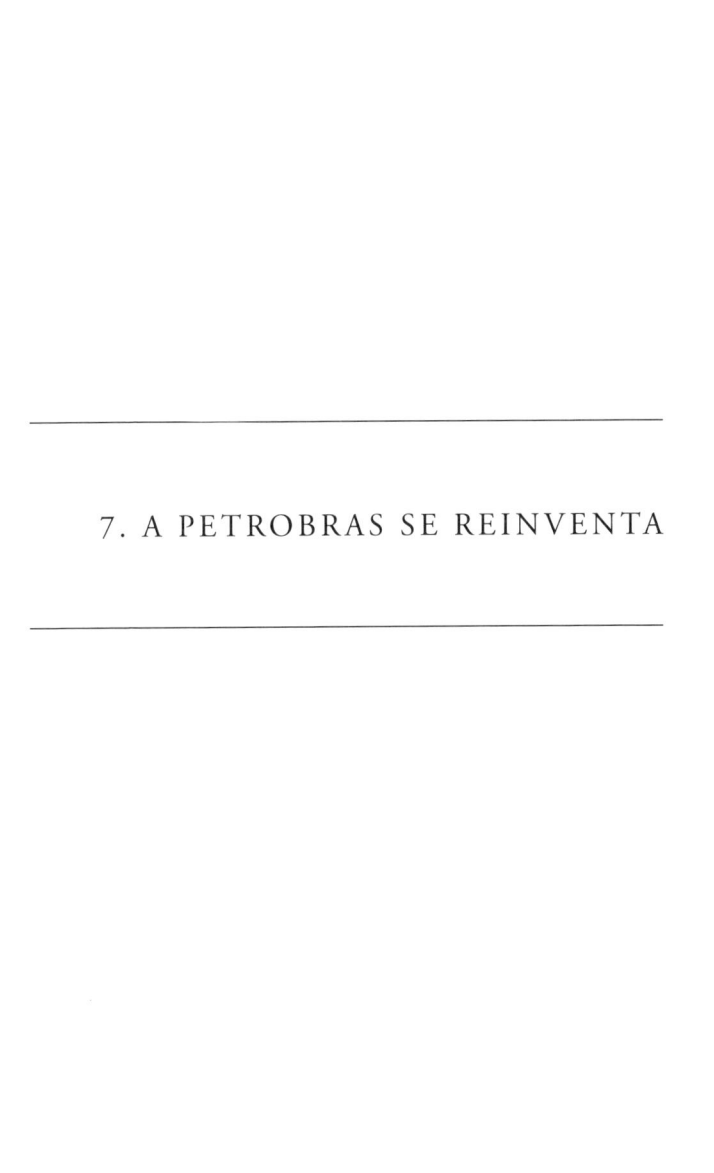

Caro amigo,

A chegada de Philippe Reichstul à Petrobras não foi fácil. "O cara é francês? Banqueiro? Paulista? O que ele entende de petróleo? Deve ter vindo para vender a empresa." Esses eram alguns dos comentários que circulavam pelos corredores da companhia na época.

Philippe chegou à Petrobras em 1999, praticamente sozinho. Só depois trouxe algumas poucas pessoas de confiança, como Clarissa Lins. Devagarzinho, foi conversando, perguntando, aprendendo, seduzindo e desmontando a enorme barreira de desconfiança e ceticismo que se erguera ao seu redor.

Ocupou-se, inicialmente, em mobilizar a empresa e seus gerentes para obter um profundo diagnóstico da Petrobras. Esse processo identificou uma empresa assentada em valores sólidos, com uma extraordinária capacidade de empreender e superar desafios, embora fragmentada – ilhas num imenso arquipélago chamado Petrobras, sem uma visão comum e muitas dúvidas sobre seu futuro no novo ambiente competitivo que recentemente se instalara no Brasil.

Esse processo resultou em um revolucionário plano estratégico para a Petrobras. Além de dar um novo rumo para a empresa a partir da identificação dos seus maiores desafios, conduziu a uma profunda reestruturação dos sistemas de governança corporativa e gestão empresarial; estabeleceu uma agenda de mudanças que oxigenou e alinhou as diversas áreas da companhia; implantou as Unidades de Negócios, clareando as responsabilidades por decisões e resultados; introduziu modernos sistemas de avaliação de desempenho, em linha com objetivos estratégicos; e promoveu um sistema de consequências que nos estimulava a entregar os resultados prometidos.

Depois de muitos anos perdendo gente, a Petrobras voltou a contratar jovens petroleiros. Eles deram vida nova à empresa, que vinha envelhecendo. Desenha-se, na área de E&P, um novo plano de carreira técnica, em que a busca da excelência técnica é estimulada tanto quanto a excelência gerencial.

Além disso, foram lançadas ações da Petrobras na Bolsa de Nova York. Os analistas de Wall Street, instruídos por Philippe e o diretor financeiro, Ronnie Vaz Moreira, entenderam o extraordinário potencial da empresa. Porém, antes foi preciso abrir a caixa-preta, implantar padrões internacionais de contabilidade e estabelecer a saudável prática, até então negligenciada, de se comunicar com transparência e regularidade com os investidores. Fundamental também foi dar fim à conta-petróleo e a artificialismos na política de preços dos derivados impostos pelo acionista majoritário. Mérito para o governo FHC.

O valor da companhia se multiplicou rapidamente, para alegria dos investidores – a grande maioria brasileiros, entre os quais milhares de trabalhadores que haviam trocado seus saldos no FGTS por papéis da Petrobras.

A empresa se lançou num ambicioso programa de internacionalização, cuja principal meta era elevar a produção internacional de 70 mil para 300 mil barris por dia até 2005. Crescer internacionalmente, não para cravar bandeiras brasileiras pelo mundo afora, e sim em países e regiões em que a Petrobras tinha claras vantagens comparativas, tecnológicas e geopolíticas, como o Golfo do México, o oeste da África e a América do Sul. Para tanto, decidiu-se pela extinção da Braspetro e criação da Área Internacional. Tive a honra de ser seu primeiro diretor, e o privilégio de estar à frente da execução desse novo e audacioso plano de internacionalização.

Nesse período, fizemos as descobertas dos campos gigantes de Agbami e Akpo, na Nigéria – ainda vou lhe escrever contando um pouco dessa aventura na Nigéria –; Cascade, Chinook e St. Malo, no Golfo do México; Sábalo, na Bolívia; e Guando, na Colômbia, para citar apenas as maiores.

Nada energiza tanto uma empresa de petróleo e seus petroleiros, nem faz mais bem ao ego de quem participou de perto, nem gera mais declarações de paternidade quanto o anúncio de grandes descobertas, como as que acabei de mencionar. No entanto, o processo exploratório é longo e complexo; é uma corrida de fundo e de revezamento. São muitos anos de estudos e inúmeras decisões até se chegar ao poço descobridor. Muitas vezes, os que participam do anúncio são os que menos mérito tiveram na descoberta.

Assim, não é justo nem correto chamar a si glórias exploratórias sem dar o devido crédito a quem nos antecedeu. A Braspetro já vinha, desde o final dos anos 1990, implantando métodos de gestão modernos e construindo um portfólio de classe mundial na Colômbia, Bolívia e Nigéria, o que resultou nas descobertas que mencionei. O maior mérito da administração de que fiz parte foi redefinir o foco estratégico; entre os projetos exploratórios em carteira ou com possibilidade de acesso, investir naqueles que mais se ajustavam à nova estratégia internacional. E desinvestir dos demais – algo difícil, doloroso e estranho ao nosso DNA expansionista.

No *downstream*, lançamos a Petrobras no refino e distribuição na Argentina e Bolívia, com o benefício das sinergias logísticas brasileiras. Construímos uma planta de gás e o gasoduto que ligou o campo de San Alberto ao gasoduto Bolívia-Brasil – uma epopeia em que enfrentamos a competição da Enron, uma das mais poderosas empresas de energia da época, e a oposição de grupos indígenas manipulados por políticos inescrupulosos.

Como lhe disse, empreendemos uma profunda reestruturação do portfólio internacional da companhia, vendendo ativos no Equador, no Mar do Norte e em águas rasas no Golfo do México. Desfizemo-nos de empresas de prestação de serviços de perfuração que já não faziam sentido dentro na nova visão estratégica da companhia, mas também fizemos aquisições importantes, como as empresas EG3, Pérez Companc e Petrolera Santa Fé, na Argentina.

Muito se fala que a nossa administração queria privatizar a Petrobras; ilações ideológicas que não correspondem aos fatos. As aquisições citadas, as incorporações da Braspetro e Gaspetro, a recompra das ações da BR, a visão de uma companhia em que as subsidiárias e unidades de negócio são parte de uma mesma empresa integrada são ações incompatíveis com uma estratégia de venda.

Ao deixar a diretoria da Área Internacional, em 2003, já tínhamos atingido a produção de 240 mil barris por dia, impulsionada principalmente pela aquisição da Pérez Companc. Além disso, construímos um portfólio de descobertas com reservas provadas de quase dois bilhões de barris, que, quando plenamente desenvolvidas, seriam capazes de elevar e sustentar a produção internacional bem acima da meta de 300 mil barris diários.

No refino de petróleo e distribuição de derivados, saímos do zero para 90 mil barris processados diariamente e cerca de 700 postos de gasolina, principalmente na Argentina, o maior mercado sul-americano.

Tenho muito orgulho e as melhores lembranças desse período, sem dúvida o mais intenso e produtivo da minha carreira profissional.

A pesada e opaca "Petrossauro", como era vista por sua legião de críticos, sob a batuta de Philippe, ressurge transformada, com uma nova fisionomia, rejuvenescida, moderna, ágil, internacional, transparente, pronta e animada para novos desafios. Um legado extraordinário que irá marcar a companhia por muitos anos.

O período de Philippe à frente da Petrobras foi de grandes vitórias, mas também de duras reveses. O vazamento de óleo na baía de Guanabara, o afundamento da plataforma P-36 e o fiasco da Petrobrax foram os mais marcantes.

Os acidentes, tanto os vazamentos como o trágico naufrágio da P-36, que levou consigo para o fundo do mar as vidas de 11 petroleiros, nos revelou, de forma dramática, que deixamos uma lacuna no plano estratégico da Petrobras. As áreas de segurança e meio ambiente, a exemplo da empresa como um todo, também carecem de uma profunda transformação.

Philippe inovou e acertou ao enfrentar os acidentes adotando a corajosa atividade de abrir todas as informações sobre o que ocorrera, mesmo – e principalmente – as ruins. Essa foi uma lição valiosa para os que ainda não aprenderam que o silêncio tem custo, e a transparência, valor. Acertou também em interromper as férias do competente Rodolfo Landim, a fim de que comandasse a resposta ao acidente na Baía de Guanabara. As respostas aos acidentes e o diagnóstico das causas evoluíram e deram forma ao Plano Pégaso, no qual a Petrobras investiu bilhões pela completa transformação dos seus sistemas de prevenção e contenção de acidentes. Depois desses acidentes e do Plano Pégaso, também em segurança e proteção ao meio ambiente a Petrobras já não era mais a mesma.

O caso Petrobrax foi diferente; mostrou que mesmo craques, como Philippe, às vezes pisam na bola. A essa altura, Philippe já tinha clara a dimensão da transformação que liderara na Petrobras. Foi-lhe então soprada a ideia de usar essa nova marca a fim de distinguir a nova Petrobras que ressurgia sob seu comando. Talvez o compreensível orgulho pelo que havia realizado lhe tenha enublado o bom senso, e Philippe embarcou nessa roubada.

A vaia viria intensa e furiosa no dia seguinte ao anúncio da nova marca; de dentro da empresa e de todos os cantos do país. A apatia da opinião pública em relação à Petrobras, notável desde a quebra do monopólio, era apenas aparente. A revolta contra a ideia de mexer com um símbolo nacional aflorou com intensidade e emoção, como um eco dos tempos da campanha "O Petróleo É Nosso". Nesse momento se viu, e com mais clareza impossível, o quanto a Petrobras representa para o Brasil. Assim, o presidente Fernando Henrique Cardoso não teve outra opção senão determinar que Philippe voltasse atrás na infeliz iniciativa.

Desgastado com tantos acidentes e dissabores, Philippe deixou o comando da Petrobras em 2002, passando o bastão ao brilhante Francisco Gros, com quem tive o privilégio de trabalhar e admirar a competência, a inteligência aguda e o fino senso de humor.

Coloco Philippe Reichstul no panteão em que figuram líderes visionários como Walter Link, Ernesto Geisel e Carlos

Walter, cujas contribuições foram determinantes para que a Petrobras e a indústria do petróleo brasileira sejam como hoje as conhecemos, respeitamos e admiramos.

Um forte abraço.

8. COM PELÉ NA NIGÉRIA

Caro amigo,

Hoje quero lhe contar sobre experiências vividas na Nigéria, uma grande descoberta de petróleo e a oportunidade que tive de conhecer pessoalmente o Rei Pelé. Começo pelo que presenciei da janela do meu quarto em minha primeira viagem a Lagos.

Lá fora, um grupo de rapazes parecia estar se divertindo. Cantavam, gingavam, dançavam. Não entendia bem que jogo era aquele. Havia uma bola, alguns portavam bastões. De repente, o ambiente entre eles mudou, tornou-se tenso, pesado. Parecia ter começado um desentendimento, uma briga... ou era ainda a brincadeira? Prestei mais atenção. O grupo se compactou. Pude ver que chutavam e batiam com os bastões. Alguns instantes depois, aquilo parou. O grupo compacto se desfez, começaram a se dispersar. Davam risadas. E lá se foram, se abraçando, dançando, cantando. Deixando para trás um corpo estendido no chão.

Havia presenciado um linchamento. De repente, do nada, mataram um rapaz. Provavelmente um deles. Presenciei essa cena bárbara da janela de um quarto do conjunto residencial da Texaco, no meu primeiro dia em Lagos. Ainda chocado com o episódio, pensei se realmente fora uma boa ideia recomendar à Petrobras entrar naquele país.

A oportunidade era muito atraente. Um bloco em águas profundas no prolífico Delta do Níger, contendo um prospecto com tudo o que sonha um exploracionista: uma enorme feição estrutural, anomalias de amplitude sísmica indicando prováveis reservatórios com hidrocarbonetos, clamando por ser testadas por um poço exploratório. Obtivemos uma participação nesse bloco nigeriano após oferecer à Texaco, em contrapartida, sociedade no bloco BC-4, em águas profundas da bacia de Campos, também bastante promissor.

Infelizmente para a Texaco, e para a Petrobras, os investimentos exploratórios no BC-4 resultaram em vão. Já o primeiro poço exploratório que, junto com a Texaco, a Petrobras perfurou na Nigéria descobriria um campo gigante, Agbami, com reservas de cerca de 1 bilhão de barris de um petróleo leve, de excelente qualidade.

Estava em Houston quando a perfuração do poço Agbami-1 estava terminando. Liguei para Bruce Applebaum, diretor da Texaco, indagando se havia novidades. Ele respondeu:

– *Hi*, Jorge. Concluímos a perfuração, os perfis já chegaram. Venha ao meu escritório, tomamos um café e você aproveita para dar uma olhada neles.

Não gostei do tom de voz do Bruce; frio, blasé. Se os resultados tivessem sido bons, certamente o tom seria outro – teria me antecipado a boa notícia.

Fui ao escritório de Bruce e tomei, em uma caneca gigante, o café execrável que nos servem nos EUA. Conversamos sobre os mais vários assuntos, e nada de notícias sobre Agbami. Já no final da conversa, o diretor da Texaco, como quem não quer nada, lembrou:

– Você não queria ver os perfis de Agbami? Estão ali naquela mesa. Dê uma olhada. Eu já volto.

Já tinha aposentado minhas esperanças naquele poço. Uma pena; eu me esforçara tanto para convencer a diretoria da Petrobras a investir naquele projeto. Além do risco geológico do poço exploratório, havia o risco de se entrar num novo país, a Nigéria, por si só tão cheia de problemas e perigos.

Fui desdobrando os perfis do poço, desanimado pelas indicações do seu provável insucesso, quando comecei a ver algo que me pareceu feições fortemente anômalas nas linhas dos perfis de resistividade, sônico e raios gama, usados para medir a qualidade dos reservatórios e a presença de hidrocarbonetos nos poços perfurados. A linha de resistividade dava um salto brusco para a direita, acusando a presença de hidrocarbonetos; o perfil sônico e o de raios gama indicavam reservatório arenoso, de alta porosidade. Dezenas, centenas de metros de reservatórios com hidrocarbonetos. Estava diante de uma acumulação monumental. Não podia ser verdade. Conferi a escala, o nome do poço. Tinha alguma coisa errada com aqueles perfis.

Nisso, vejo o Bruce encostado na porta, com o mesmo ar blasé:

– Viu alguma coisa interessante?

– Bruce, tem alguma coisa errada com esses perfis, estão indicando... Não podem estar certos...

E, diante do meu desconcerto, Bruce se explode em gargalhada:

– Jorge, não tem nada de errado com os perfis, descobrimos um campo gigante! Vamos comemorar!

Ainda não sabia, mas o Bruce era um tremendo gozador.

Descobrir um campo gigante no primeiro poço que perfuramos na Nigéria não foi o mais difícil. Os problemas na Nigéria se concentram acima da superfície.

O acordo de troca de ativos que fizemos com a Texaco dependia ainda de aprovação governamental. Essas aprovações de transferência de direitos entre empresas privadas são comuns em qualquer país. Normalmente, é só um ritual burocrático, mas na Nigéria, após uma descoberta da ordem de um bilhão de barris – portanto, muitos bilhões de dólares –, a empreitada se anunciava extremamente difícil para quem, como nós, não admitia qualquer flexibilidade nos limites éticos.

As oportunidades de oferecimento de ajuda, espúrias, para obter a aprovação governamental foram muitas. Todas rechaçadas. Então, imaginamos várias maneiras de pressionar o governo nigeriano a nos conceder a aprovação do nosso ingresso no bloco de Agbami. A mais interessante foi levar o Pelé à Nigéria.

Fizemos na Petrobras um contrato de relações públicas com o Pelé. Depois de participar do lançamento das ações da companhia na Bolsa de Nova York, sua próxima missão foi ir à Nigéria nos ajudar. Um sucesso fenomenal. O ídolo brasileiro é a simpatia em pessoa, um verdadeiro diplomata, o embaixador da bola. Fica horas dando autógrafos, não se furta a quem pede uma foto, incansável, sempre sorridente e de bom humor.

Na companhia de Pelé, fomos ao presidente da Nigéria, na época o general Obasanjo, levando uma bola autografada de presente. O presidente ficou radiante, imaginando a alegria do filho ao recebê-la, e ainda bateu uma bolinha, no salão do palácio presidencial, com o Atleta do Século.

Não foi durante a visita do Pelé que recebemos a tão ansiada aprovação da nossa entrada em Agbami. Chegou quase um ano depois. Mas Pelé certamente contribuiu.

Além de nos ajudar com as autoridades nigerianas, essa visita do Pelé me deu a oportunidade de passar quase uma semana com o Rei. Almoçamos e jantamos juntos inúmeras vezes. O Pelé é um ótimo papo e, para o meu deleite, adora conversar sobre futebol. Mas, francamente, suas opiniões e teorias sobre jogadores, escalações e times em nada combinavam com as minhas.

Depois dessa semana inesquecível com o Maior Jogador de Futebol de Todos os Tempos, cheguei à seguinte conclusão: o Pelé é o máximo, mas não entende nada de futebol.

Um abração.

9. O PRIMEIRO CHEFE NÃO SE ESQUECE

Estimado amigo,

Lamento saber que seu primeiro chefe é um mala sem alça, um zero à esquerda, apenas para usar alguns dos qualificativos que você escolheu para definir o cidadão. Lamento e aviso: é o primeiro, mas não será o último.

Lembro-me bem do meu primeiro chefe na Petrobras. Marcos Amaral. Uma figura admirável. Leve, gentil, delicado no trato, sempre com um sorriso nos lábios finos e um jeitinho matreiro, que só os filhos das Minas Gerais têm.

Em 1976, Marcos chefiava a ES-26, equipe de aquisição de dados sísmicos terrestres que operava no Recôncavo baiano. Contrariando o estilo áspero e autoritário que prevalecia naqueles tempos, principalmente no ambiente operacional, ríspido e masculino, ele tratava a todos com uma gentileza desconcertante, inclusive as duas centenas de peões, rudes braçais da região que faziam o serviço mais árduo – abrir picadas, carregar os pesados cabos de geofones, as caixas de explosivos – e tinham verdadeira adoração pelo Dr. Marcos.

Havia na ES-26 um vigia noturno que cuidava do paiol onde eram armazenados os explosivos sísmicos, por exigência do Exército. Toda noite, ao se dirigir para seu posto, esse vigia passava pela nossa barraca, a dos estagiários, e em voz alta sempre se lamentava:

– Jesus Cristo ficou 33 anos sem mulher; por que será que eu não consigo ficar uma noite sequer?

Certa madrugada, esse vigia gaiato foi visto dormindo no posto pelo atento Marcos. Em vez de acordá-lo, Marcos preferiu subtrair-lhe silenciosamente a arma e deixá-lo em paz, sonhando, talvez com a mulher de quem tanto lamentava a ausência nas noites de vigília solitária no paiol.

No dia seguinte, nosso vigia, contrito e penitente, vai ao chefe suplicar para ter de volta a sua arma, e talvez mesmo o seu emprego. Marcos a devolve sem uma palavra sequer, apenas o sorrisinho mineiro.

Então, entendi porque na equipe todos iam aos seus limites. Não pela Petrobras – para a maioria um conceito abstrato e longínquo –, mas pelo Dr. Marcos, que tratava a todos como gente.

Diante da qualidade desse primeiro chefe, concluí que não possuía o que seria preciso para me tornar um bom chefe. Então, pensei: melhor mergulhar no fascinante mundo da geofísica do petróleo e me tornar um bom técnico. Foi o que fiz nos primeiros anos profissionais. Recomendo a você, meu amigo, que também o faça.

Não tenha pressa, como tantos da sua geração, que mal saem da universidade e já querem galgar, rápida e precipitadamente, os altos postos de comando.

Comandar petroleiros requer, primeiramente, ser um bom petroleiro; conhecer o seu ofício e ir além; aprender um pouco sobre o ofício dos que estão ao seu redor; e, por fim, saber como funciona e interage a profusão de profissionais, em meio a tantas disciplinas, negócios, perigos e oportunidades que formam essa complexa, caudalosa e cativante cadeia industrial que você, em boa hora, resolveu se juntar.

Um abraço forte.

10. TEMPO DE RALAR

Estimado amigo,

Já nas primeiras semanas como geofísico estagiário na equipe sísmica ES-26, no interior da Bahia, soube da possibilidade de me candidatar a um mestrado no exterior. A notícia da política de investir forte no desenvolvimento dos seus técnicos, importante legado de Walter Link que Carlos Walter abraçou com entusiasmo, como já lhe contei, chegava às mais remotas unidades operacionais. Bastava sair-se bem nos cursos de formação da Petrobras e passar nas provas, principalmente de inglês, exigidas pelas universidades americanas. Uma oportunidade excepcional que eu não iria deixar escapar.

O meu inglês na época era o que me haviam ensinado na escola, ou seja, nenhum. Tive que aprender já adulto, o que me garante até hoje um sotaque bem "nacionalista". Eram poucos os que dominavam a língua inglesa no meu tempo de jovem petroleiro e aprendê-la ampliava muito as oportunidades profissionais. Para os da sua geração ocorre o inverso, não saber inglês, a língua franca da indústria do petróleo, reduz as oportunidades e propicia ao monoglota condição próxima à de analfabeto funcional.

Fui bem nos cursos introdutórios da Petrobras, passei pelos testes do Toefl e GRE, exigidos pelas universidades americanas, apliquei e fui aceito pela prestigiosa Universidade do Texas para cursar o programa de mestrado em Geofísica. Em agosto de 1980, com Laura e as crianças ainda bem pequenas, rumamos para Austin, onde viveríamos uma das nossas experiências de vida mais marcantes.

Senti o impacto do sistema educacional americano já na primeira aula na universidade. O curso era Sistemas Lineares. O professor mal se apresentou e danou a desenvolver no quadro-negro equações que para mim mais pareciam enigmas, envoltos em mistério. Como dever de casa, deveríamos transformar aqueles incompreensíveis sistemas e equações dados em aula em programas de computador. Finda a aula, interpelei o professor a um canto e confessei minha ignorância. Não havia entendido quase nada, meus conhecimentos de programação eram muito limitados e ainda não sabia nem onde ficavam os computadores da universidade. Indiferente ao meu desamparo, o professor respondeu, imperturbável: "O dever de casa só é devido na próxima segunda-feira; você tem uma semana para aprender." Complacência zero e exigência máxima foram a tônica desde então, até a conclusão do mestrado.

Nunca trabalhei tanto e tão intensamente em toda a minha vida como naqueles 20 meses em Austin. As provas, os deveres de casa, os artigos e livros a ler, os projetos de pesquisa, as apresentações em classe, escrever uma tese de mestrado, a quantidade de trabalho era desumana. Para dar conta, era preciso usar de todo o tempo disponível – as noites, os fins de semana, as férias. Mas valeu o sacrifício. Aprendi muito, principalmente com Milo Backus, professor e orientador que se tornou amigo, um dos maiores geofísicos de petróleo do nosso tempo.

Bem mais tarde, já como expatriado em Londres, pude também admirar a qualidade de uma escola americana de segundo grau onde matriculamos nossos filhos. Eles adoravam a escola, e por boas razões. Muito esporte, artes, recreação, passeios, excursões e pouca cobrança de estudo. Nós, os pais, também gostávamos – sempre nos pareceu um bom critério de avaliação o quanto os filhos gostam da escola que frequentam –, apenas lamentando que os métodos escolares não fossem tão estimulantes no nosso tempo. Alguns da comunidade brasileira reclamavam da moleza da escola americana, se comparada aos padrões brasileiros. De fato, o volume de matéria, os deveres de casa e a pressão eram muito maiores nas escolas brasileiras (nas boas escolas particulares, bem entendido). Mas, pelo que via nos livros e cadernos, eles aprendiam o essencial e, o que também é importante na idade deles, se divertiam um bocado.

A vida mansa dos estudantes no sistema americano acaba na universidade. No Brasil acontece o contrário. Para impressionar os pais que pagam mensalidades escorchantes, as boas escolas particulares exigem demais das crianças. Na universidade a pressão diminui e muitas vezes é substituída por um perverso pacto de mediocridade entre professores e alunos. Uns fingem que ensinam, outros fingem que aprendem, e sobra mais tempo para todos irem à praia.

Não tenho dúvida de que entre as principais razões da competitividade americana está a qualidade da educação que oferecem. E sei que não estou sendo original ao afirmar que, para o Brasil avançar, precisamos investir, e muito, em educação. Mas, antes, para que os investimentos não sejam em vão, é preciso uma ampla e profunda reforma na governança do sistema educacional brasileiro, hoje dominado por interesses corporativistas nas escolas públicas, e mercantilistas nas particulares, com poucas e honrosas exceções.

Meu caro, ao contrário de outras indústrias, em que os engenheiros se queixam de que quase nada utilizam dos conhecimentos adquiridos na universidade – já que as quatro operações, a regra de três e o uso de planilhas se aprende no ensino básico –, em nossa indústria do petróleo se respira técnica e se transpira tecnologia. Não se satisfaça com o que aprendeu no curso de graduação. Para se tornar um bom petroleiro é importante ir além: fazer um mestrado, ou mesmo doutorado.

Neste seu começo de carreira, valorize e priorize o aprendizado acima de tudo. Dedique o máximo e o melhor do seu tempo para, além de produzir, desenvolver-se. Coloque a mão na massa, aprenda fazendo, estude sempre, vá fundo na sua especialidade, seja curioso em relação às demais. Trabalhe muito, longas horas, não se poupe, não tenha pena de você. Deixe esse sentimento para a sua mãe. Mas tente se divertir com o trabalho – ou procure outro que o divirta.

A vida não é curta; a vida é longa. Haverá tempo de sobra para curti-la quando tiver a minha idade. Agora, para você, é tempo de ralar.

Um abraço forte.

11. COMUNICAR É PRECISO

Caro amigo,

Como lhe contei, no início da carreira não me imaginava chefe, descrente dos meus talentos para tal e fascinado pelos desafios que a geofísica, com a revolução digital apenas começando, oferecia. Eventualmente assumi chefias, inicialmente de setores técnicos. Gerência para valer, com responsabilidade sobre pessoas, investimentos, operações, só em 1986, quando me fizeram superintendente do distrito de exploração das bacias do Ceará e Potiguar, baseado na linda e ensolarada cidade do Natal.

Já há dez anos na empresa, observando e aprendendo com chefes acima e ao meu redor, fazendo um ou outro cursinho de gerência, imaginava ter uma boa noção sobre como me conduzir à frente da minha nova unidade. Ledo engano; nada sabia. Liderar, descobri depois, se aprende mesmo é liderando – e amar se aprende amando, como ensinou Drummond.

Recém-empossado na superintendência em Natal, fui convidado para uma primeira reunião de coordenação, junto com o alto comando da Petrobras, num agradável hotel-fazenda serrano, nos arredores do Rio de Janeiro. Eram diretores e superintendentes de todas as áreas da empresa, cerca de uns 100 chefões.

Embarquei no avião em Natal cheio de curiosidade e inquietação. Será que iriam descobrir, como eu já descobrira, ser eu um anão diante da altura das responsabilidades do cargo que irrefletidamente me confiaram? Essa síndrome de "impostor" me acompanha desde sempre.

Cheguei apreensivo, pisando com cuidado no terreno desconhecido. Depois de um dia de debates, concluí que aquele grupo não podia ser mais diverso. Havia gerente de todo tipo e extração: alguns brilhantes, outros burrões, uns chatos, outros interessantes, muitos arrogantes, vários simpáticos. Só não havia bobos, e todos, sem exceção, quando queriam se comunicar, sabiam dar seu recado. Ainda bem que preparei com antecedência e cuidado a minha intervenção. Estava tão bem decorada que parecia que eu falava de improviso. Não fiz feio nessa minha estreia no alto comando da Petrobras.

Depois de todos esses anos convivendo com executivos e líderes das mais variadas procedências, nacionalidades, estilos e idades, mantenho a primeira impressão colhida na serra fluminense: chefe que não se comunica não se cria.

Comunicar, como liderar e amar, se aprende comunicando. Lendo, escrevendo, falando em público. Quer brilhar, fazer bem feito? Prepare-se, gaste tempo pensando, arrumando, simplificando, revisando e mesmo decorando o que irá dizer. Um bom "improviso", como o que fiz na reunião na serra, leva-se semanas preparando. Seja profissional, deixe as improvisações para os amadores.

Um amigo me ensinou que fazer uma apresentação, ou escrever um texto, é como preparar um churrasco. O mais importante é a qualidade da carne, mas não se pode servi-la crua, e é preciso cuidado para não assá-la demais.

Quer escrever melhor? Leia muito, leia sempre, inclusive alguma poesia. Você vai se surpreender com o bem que a poesia fará ao seu texto e à sua alma.

Quer falar bem em público? Fale com segurança, simplicidade, transmita entusiasmo, evite chavões, fuja do monótono e da caretice. Arrisque uma piada, devaneie, filosofe. Mas antes e acima de tudo, comunique-se de forma clara e precisa – e para fazê-lo, prepare-se.

Um grande abraço.

12. A RELIGIÃO DO EXEMPLO

Meu querido amigo,

Você tem razão: boa comunicação é característica comum aos líderes, mas não a única nem a mais importante. Um líder efetivo também demonstra capacidade analítica, muita energia e, acima de tudo, é visto como um exemplo.

Capacidade de análise, para decidir bem; comunicação, para explicar e convencer; energia, para entusiasmar as pessoas. E o exemplo, para que mereça respeito e credibilidade.

Descartes concluiu que bom senso é, das virtudes, a mais bem distribuída; nunca encontrou alguém se queixando de que lhe faltasse. Mas, como sabemos, bom senso é algo de aparição mais rara nos outros que em nós mesmos.

Na minha modesta opinião, bom senso ou capacidade analítica não são atributos exclusivos dos intelectualmente bem dotados. São, antes, dos que simplesmente param para pensar. Existimos porque pensamos, como também ensinou Descartes.

Para conduzir uma empresa, e mesmo nossas vidas, é preciso pensar. No futuro, nas oportunidades, em como evitar os perigos. Riscos e oportunidades andam lado a lado; antecipá-los exige reflexão, e alguma experiência também ajuda.

No Brasil, somos ótimos em reagir a desafios, inventar novas ideias diante de problemas que se nos apresentam. Assim foi desenvolvida a tecnologia *offshore* brasileira. Nossos irmãos do hemisfério norte, embora mais rígidos no jogo de cintura, são mais capazes de pensar à frente. Saiba que o planejamento estratégico na indústria do petróleo foi invenção da Shell, tem DNA anglo-holandês.

Imagine você combinar o amor ao planejamento dos nórdicos à nossa paixão tropical pelo improviso. Dessa combinação ideal poderíamos concluir que planejar é fundamental; seguir o plano, nem tanto. Saber aonde se quer chegar ajuda muito, como também flexibilidade para ajustar o plano às circunstâncias.

Capacidade de análise não é só inteligência e reflexão. É também conhecimento do negócio, do contexto externo e interno. É ser capaz de enxergar o todo, sem perder de vista detalhes importantes.

Um bom chefe transforma problemas grandes em menores. Quando o problema se apresenta complexo, sabe dividi-lo em partes, mais tratáveis. Quando as partes são muitas, sabe priorizar, separar o importante do urgente, o trivial do arriscado.

Capacidade analítica é também equilíbrio emocional, serenidade para enfrentar o calor de crises sem desesperar. É conviver com o desconforto da incerteza. Decidir com informações incompletas. Saber o tempo certo de agir, ou de não agir. É não deixar que as pressões do dia a dia diminuam a capacidade de enxergar o cenário maior, de longo alcance.

Liderar é saber e gostar de trabalhar em equipe. Escolher as pessoas certas, dar-lhes tarefas e desafios também na medida certa. Identificar e nutrir talentos, cativar e desenvolver o melhor das pessoas.

Para ser um bom chefe é preciso humildade, reconhecer sua ignorância, ouvir generosamente e procurar ajuda sempre que preciso. No entanto, humildade é virtude que raramente se concilia com as personalidades fortes e egos inflados tão comuns aos líderes.

Chefes plenos de energia são geralmente também abrasivos, impacientes, insaciáveis por resultados. Os melhores chefes extraem o máximo das pessoas, as tiram do conforto, as energizam. Já os piores só lhes tiram a paz.

Comunicação, bom senso e energia. A falta de uma dessas qualidades, ou certas combinações de carências, pode resultar em chefes absurdos, como os que contam apenas com a lábia, sem nenhuma substância sob a fina casca do palavrório vazio. Ou os gênios que se encastelam em torres de marfim, produzindo ideias brilhantes que nunca chegam a ser compreendidas, muito menos aplicadas pelas pessoas. Ou, ainda pior, chefes burrões cheios de energia e ávidos de realizações. Saem praticando desatinos, dilapidando o patrimônio dos acionistas com lamentável agilidade.

Não suporto chefes constantemente assoberbados, como se carregassem o peso do mundo às costas, ocupados com assuntos tão graves que o que lhes trazemos é sempre coisa menor, a distrai-los de suas grandes preocupações. Nunca têm tempo, cancelam reuniões em cima da hora em razão de novos compromissos ainda mais importantes, chamados do diretor, do presidente, de Brasília.

Chefe bom parece que não faz nada; está sempre disponível, relaxado, de bom humor. Quando nos visita – e o faz com frequência –, a presença é estimulante; a conversa, produtiva. Porém, não se deve confundi-lo com o chefe "boa-praça", que com tapinhas no ombro acha que cumpriu a obrigação de cuidar da gente. Afago superficial, como esse tipo de chefe.

Nem todos os chefes se dão conta do quanto são observados e influenciam as pessoas. Se soubessem, teriam mais postura e compostura. O exemplo de cima serve tanto de base para o respeito como de justificativa para malfeitos.

Aprendi com meu pai que a fé e a liturgia do exemplo compõem, de fato, uma certa religião, praticada pelos melhores líderes e pelas pessoas do bem.

Um abraço carinhoso.

13. HONRA AO MÉRITO

Meu jovem,

Como tentei lhe mostrar na última carta, ser chefe, um bom chefe, não é para todos, muito menos para qualquer um. Demanda talento, experiência e dedicação. Como então nomear para posições de liderança não os mais aptos e experientes, mas os mais bem apadrinhados e protegidos? Quem o faz talvez não tenha ideia do dano que causa às organizações. Ou talvez tenha.

O dano maior nem é tanto o causado pela má performance do apadrinhado, e sim pelo sinal à organização de que o mérito, o esforço, a competência valem menos do que a politicagem, o pistolão. Nesse ambiente, os melhores submergem ou se afastam. Prosperam as nulidades, os puxa-sacos. Prevalece a inoperância e se incuba a semente daninha da corrupção.

Há quem defenda que só a privatização pode dar fim aos danos que a interferência política indevida causa às empresas públicas. A transferência à iniciativa privada por si só não garante que a meritocracia prevaleça. Não só organizações estatais estão expostas e vulneráveis ao compadrio, à cupinchada, às panelinhas, ao nepotismo. Essas pragas também se propagam em empresas privadas, produzindo os mesmos efeitos deletérios.

Não há razão para uma empresa estatal ser menos eficiente do que uma empresa privada. O sucesso de uma empresa depende de um bom plano estratégico e gente competente para executá-lo, não da origem – pública ou privada – do capital majoritário.

Há também quem acredite, ingenuamente, que a indicação política de um funcionário de carreira garante que a posição de chefia estará em melhores mãos. Penso o oposto. Se for para atropelar o sistema de meritocracia interno, que venha alguém de fora. Assim se sinaliza aos da casa que não há atalhos rumo aos postos de comando que não passem pelo esforço e competência. Dessa forma, evita-se que os de caráter mais fraco se vendam em troca de promoção. Privilegiar a prata da casa é boa prática; corrompê-la é criminoso.

Você deve estar se perguntando porque diabos escrevo-lhe sobre esse tema. Afinal, você não está pleiteando uma indicação política, muito menos em posição de fazê-la.

Meu caro, todo esse preâmbulo é para chamar-lhe a atenção para o que considero um dos fatores críticos para o sucesso da Petrobras, e por consequência, da indústria do petróleo brasileira: a meritocracia. Já presente desde a fundação da companhia, foi estimulada, protegida e deixada como um legado pelos militares enquanto estiveram no poder. Prevaleceu, com raras e desonrosas exceções, por várias gerações de profissionais, a minha inclusive. Nesse quesito, entre as estatais brasileiras, foi uma das poucas exceções, assim como foram excepcionais os resultados obtidos, para admiração internacional e orgulho dos brasileiros.

Nenhuma empresa, estatal ou privada, conseguiria, como a Petrobras conseguiu, vencer desafios, inovar, criar tanto valor e atingir tal nível de excelência tecnológica sem ter à frente suas melhores lideranças, sem associar o êxito e o crescimento dos seus profissionais aos resultados por eles obtidos. Da mesma forma, é rápida a decadência à mediocridade nas empresas e organizações que abdicam da meritocracia.

Foi para mim um privilégio sempre trabalhar em ambientes em que as oportunidades eram disputadas em condições de igualdade. Desejo-lhe igual sorte.

Um abraço amigo.

14. OS TRIBALISTAS

Querido amigo,

Ainda no início da minha carreira, lá pelos anos 1980, um colega avisou: "Camargo nunca vai conseguir trabalhar na Braspetro; é muito educado."

O aparente elogio me deixou decepcionado. A Braspetro era a subsidiária internacional da Petrobras, a oportunidade de trabalhar e conhecer outros países além das fronteiras do Brasil e do isolamento que o monopólio nos impunha, e de economizar uns trocados, em dólares, para o sonho da casa própria.

O colega estava enganado; acabei indo trabalhar na Braspetro. Inicialmente como gerente geral no Reino Unido, depois como diretor de exploração e produção, e cheguei até a presidente da subsidiária.

Havia razão para o vaticínio equivocado do colega. As reuniões dos consórcios internacionais, como aqueles dos quais a Braspetro participava, se transformam, às vezes, em verdadeiras batalhas em que os sócios se digladiam aos gritos e murros na mesa. Hoje, felizmente, bem menos que no passado.

Realmente, tenho dificuldade de operar nesse tipo de ambiente. Hoje, depois de tantos anos trabalhando em parcerias internacionais, estou convencido de que um clima adversário entre sócios prejudica não apenas o relacionamento entre as pessoas, mas também os resultados dos negócios. Como num casamento, se a parceria só gera brigas, é melhor se separar. Melhor seria nem se casar.

Parceiros, tanto na vida como nos negócios, precisam ser bem escolhidos. Podem ser diferentes – é até bom que sejam –, mas é importante que confiem um no outro, compartilhem uma visão de futuro, até mesmo valores, para que a energia se concentre no desenvolvimento do projeto comum, e não se perca em picuinhas.

Nossa indústria do petróleo tem nas parcerias e cooperação entre empresas uma característica bastante forte e peculiar. Competimos bravamente por acesso a bons projetos, por talentos, mas também nos associamos – acredito que mais do que qualquer outra indústria – para dividir riscos, investimentos e somar competências.

Por que, então, a disputa entre sócios, infelizmente ainda frequente nas reuniões dos comitês técnicos e operacionais?

Meu caro, somos petroleiros, mas, antes, seres humanos, e como tal temos todos um DNA tribalista. O "somos nós contra eles" está impregnado nos genes, é a nossa tendência natural. Talvez esse sentimento seja ainda mais forte em jovens, como você, principalmente quando persuadidos de que quanto mais duros e agressivos contra "eles" – sejam eles sócios, competidores ou fornecedores –, melhor estarão defendendo os interesses da empresa – fazendo-se, portanto, merecedores de reconhecimento e promoções. Nada mais equivocado.

O importante não é ser agressivo, e sim efetivo. Às vezes é preciso usar de dureza quando surge uma situação de antagonismo. Dependendo do tipo de conflito, até alguma brutalidade pode se fazer necessária – afinal esse mundo não é dos inocentes. Porém, na maioria das vezes, a efetividade na defesa de interesses e pontos de vista se dá pela qualidade dos argumentos e capacidade de articulação do negociador.

Aprendi muito sobre a dinâmica de uma associação entre empresas de petróleo no consórcio do campo de Magnus, operado pela BP no Mar do Norte, nos tempos em que chefiava a subsidiária da Petrobras em Londres. A Petrobras UK detinha meros 2,5% de participação no empreendimento, o que lhe rendia cerca de 4.000 barris de petróleo por dia de produção e representava toda a fonte de receitas da nossa subsidiária britânica. Com 80% de participação no campo, a BP tinha, ainda assim, de prestar certas satisfações aos demais sócios, e isso era feito com indisfarçável contrariedade, principalmente porque um dos sócios minoritários comparecia às reuniões sempre com o firme propósito de atazanar o operador. Contrastando com o sócio nervosinho, a Petrobras desenvolveu uma relação de confiança e respeito com a BP que lhe permitia melhor acesso a informações e uma capacidade de influenciar nas decisões e no destino do projeto desproporcional à sua participação mínima no consórcio.

Por meio da cultura, a história da evolução das civilizações é a da expansão dos limites das tribos, de pequenos núcleos familiares para colônias, estados, nações, comunidades continentais. Quem sabe, um dia, formaremos uma única aldeia global e deixaremos o tribalismo circunscrito ao mundo dos esportes.

Como as civilizações, as empresas evoluem e prosperam quando conseguem superar as barreiras organizacionais internas e extrair o máximo potencial de cooperação entre áreas, setores e, principalmente, entre pessoas.

Assisti à evolução da organização das empresas de petróleo de uma época em que cada área, ou tribo, trabalhava de forma estanque, em silos organizacionais, em que a troca de informações entre disciplinas e profissionais era mínima, até mesmo sonegada. Geólogos desconfiados guardavam a sete chaves os dados de poços, geofísicos arredios escondiam, enciumados, suas sessões sísmicas, engenheiros céticos não entendiam o que faziam nem porque a empresa mantinha aqueles inúteis da exploração.

Carlos Walter introduziu na década de 1970 o conceito de "grupos adocráticos", que nada mais era do que colocar numa mesma sala os geólogos e geofísicos que cuidavam da exploração de uma bacia sedimentar. O que hoje parece uma obviedade foi visto como revolucionário naqueles tempos.

Na década de 1990, as empresas de petróleo começaram a se reorganizar e a explicar a seus geólogos, geofísicos e engenheiros que faziam parte do mesmo negócio – Exploração e Produção –, então era melhor começarem a aprender a trabalhar juntos. João Carlos De Luca, então diretor, liderou o processo de unificação das áreas de exploração, perfuração e produção na Petrobras, enfrentando com coragem, paciência e persistência enormes resistências tribalistas à mudança.

Alguma competição interna sempre traz animação ao ambiente de trabalho, mas não pode prevalecer nem prejudicar a integração entre as áreas e pessoas de uma mesma empresa. As lideranças precisam estar atentas e trabalharem continuamente a fim de manter a organização unida e coesa, porque a tendência à fragmentação interna – a tribalização – é permanente.

Acredito que as formas de integrar e fazer as pessoas trabalharem juntas vão mudar muito; já estão mudando. Hoje a rapidez e a facilidade de acesso à informação, a conectividade entre as pessoas, as redes virtuais, a dimensão das organizações, cada vez mais consolidadas e globais, não mais comportam estruturas hierárquicas, disciplinadas, opacas e lentas, sistemas de comando e controle que estimulam mais a obediência do que a inovação, como os que a minha geração conheceu.

Sempre que participo de processos de recrutamento, principalmente de profissionais que estão iniciando, não dou tanta importância a experiência ou conhecimentos já adquiridos; procuro antes identificar a capacidade de aprender. Afinal, muito do que irão precisar no dia a dia não se aprende na escola, e sim colocando as mãos na massa.

Além do potencial para o aprendizado, investigo e valorizo muito um tipo de inteligência emocional que facilita o relacionamento com as pessoas de diferentes origens e culturas, permite ir além da proteção e conforto da própria tribo. Esse tipo de pessoa é que ajuda a dar "liga" nas organizações e a com maior potencial para, mais adiante, ascender a posições de liderança, principalmente nas organizações cada vez mais complexas e fluidas como as que os tempos modernos prometem.

Um forte abraço.

15. UM BRASUCA NA NORUEGA

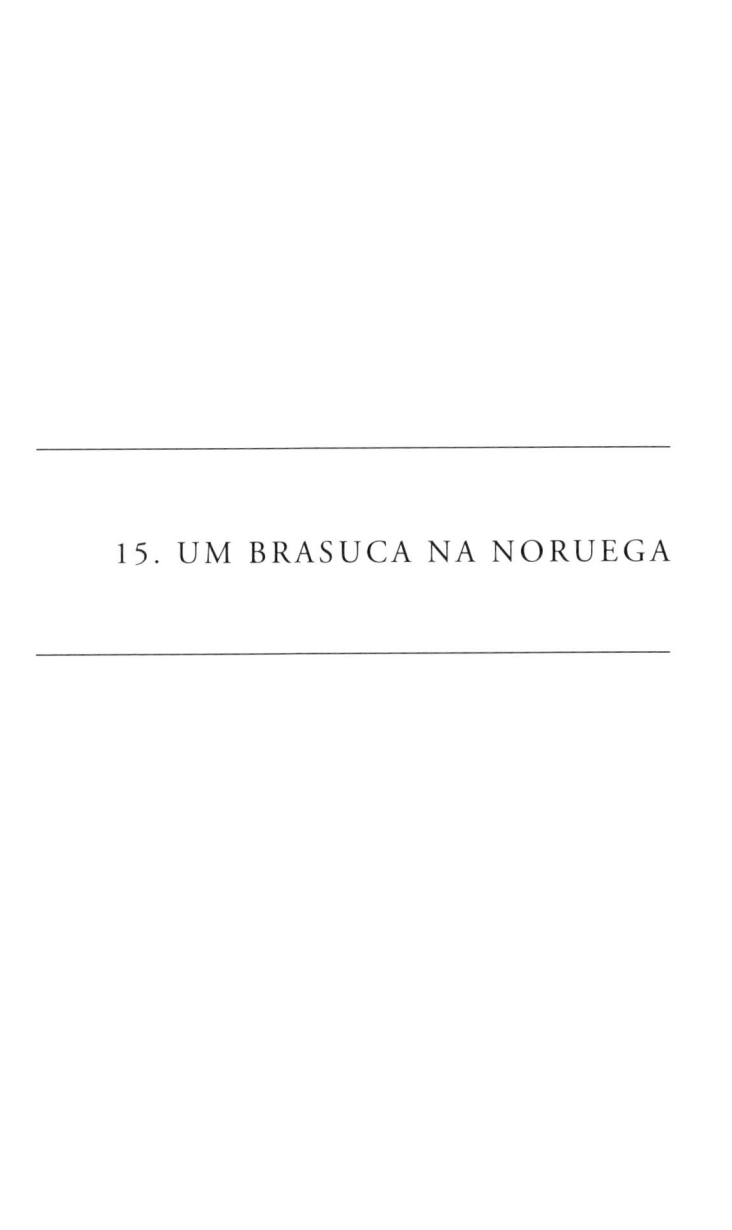

Estimado amigo,

Uma chuva gelada e fina caía insidiosa há dias sobre Stavanger, acompanhada de um vento forte, errático, vindo do Mar do Norte. Qualquer tentativa de proteger-se do tempo usando um guarda-chuva fazia-se ridícula. O vento propagava a chuva em rajadas horizontais, em direções aleatórias, e produzia um uivo agudo, lúgubre, como se a lamentar, em nome de todos na cidade, a escuridão, a umidade, a melancolia do outono norueguês.

Levantei da cama às nove da manhã, ainda noite negra. Às dez, o sol deveria começar a dar o ar de sua graça no horizonte, mas não deu. Até o sol parecia preguiçoso naquele dia. Por detrás do peso de nuvens carregadas, o máximo que o nosso astro preferido conseguiu foi transformar a noite num lusco-fusco acinzentado, sombrio. Difícil chamar aquilo de dia. Era domingo e sentia que a umidade, o frio, a escuridão do outono me permeava a pele, os ossos, o corpo inteiro, se acumulando, aos poucos, nas profundezas da alma. Resolvi não passar mais um dia enfurnado no apartamento de Bjerstad Terrasse, debruçado sobre a baía de Stavanger, de onde se avistava belos fiordes azuis no horizonte.

Decidi, apesar do tempo execrável, ir correr num dos parques da cidade, o que circunda o lago Mosvatnet, muito agradável em condições meteorológicas mais favoráveis. Precisava sair de casa, fazer o sangue circular pelo corpo, oxigenar a mente, reagir à escuridão, que, aos poucos, ia me escurecendo a alma.

Enquanto dirigia até o parque, protegido por inúmeras camadas de agasalhos e impermeáveis, ocorreu-me que quem me visse no parque num dia como aquele iria certamente duvidar da sanidade mental daquele brasuca encasacado.

Era outubro de 2003, estava há poucos meses em Stavanger, trabalhando na Statoil. Havia pedido demissão da Petrobras, depois de 27 anos, e me mudado, com minha mulher, Laura, para a Noruega. Uma decisão que a muitos pareceu, se não insana, imprudente. Ainda com mais razão se soubessem que semanas depois de aportar na nova empresa, no alto cargo de vice-presidente de desenvolvimento de negócios internacionais, tanto o diretor que me convidara como o presidente da Statoil que me entrevistara foram demitidos em meio a um rumoroso escândalo envolvendo negócios suspeitos no Irã.

Conversei com minha mulher que nossa aventura norueguesa iria provavelmente durar bem menos que planejáramos. Havia inúmeros profissionais na Statoil plenamente habilitados a ocupar a vice-presidência que o diretor recém-defenestrado oferecera àquele brasuca, ninguém sabia bem porquê, a não ser os executivos demitidos. A volta ao Rio parecia eminente e inexorável. Pelo menos deixaríamos para trás aquele outono pavoroso.

Estava enganado. Ao contrário do que imaginei, foram justamente várias das pessoas mais bem habilitadas e candidatas naturais a assumir minha função que me ofereceram maior suporte e apoio. Os novos diretores da empresa, mesmo em meio a uma das maiores crises da história da Statoil, fizeram questão de sem demora me chamar para conversar e me tranquilizar. Passada a tempestade corporativa, eu não só havia mantido o emprego, como até me promoveram, aumentando as áreas sob minha responsabilidade.

São experiências como essa, meu caro, que marcam e fazem diferença na vida profissional. Depois do cuidado que a Statoil teve comigo numa situação de grande tensão e incerteza, minha relação com a empresa mudou de puramente profissional para um estágio acima, quando passa a existir também uma ligação emocional, mais forte. Senti que após aquele episódio havia, de fato, "vestido a camisa" da empresa.

A Statoil tem no cuidado um dos valores fundamentais, ao lado de transparência, coragem e envolvimento. A maioria das empresas hoje em dia também define os valores sobre os quais querem assentar sua filosofia empresarial. Em muitas, esses valores são apenas belas palavras emolduradas em quadros pelas paredes dos escritórios, exibidas para alegrar os diretores que as conceberam, impressionar alguns clientes ou investidores mal informados, às vezes até ironizadas pelos funcionários. Não fazem grande diferença no dia a dia empresarial. Mas se os valores existem e são de fato postos em prática, como este meu caso ilustra, emerge o espírito, a essência, a energia de uma empresa. Forja-se uma identidade que aglutina os empregados, quaisquer que sejam suas origens e culturas; tem-se verdadeiramente uma organização.

Os valores de uma empresa também se tornam cada vez mais importantes na atração de jovens talentosos, como você, e na sua aceitação pelas comunidades e países em que atua. Hoje, e cada vez mais no futuro, um deslize corporativo repercute imediatamente na internet, podendo ter repercussão global e derrubar uma empresa, por maior e mais tradicional que seja. Não faltam exemplos. Não conheço melhor forma de prevenir e proteger a reputação de uma empresa do que sólidos valores corporativos e alicerces éticos.

Valores são fáceis de definir e pregar na parede. Difícil é pregar no coração e na mente dos empregados. Faz-se pelo exemplo e pela cobrança.

Voltando à corrida no parque. Como dizia, preocupei-me com o juízo que poderia fazer de mim algum novo colega que me visse correndo no parque em condições climáticas tão hostis. Preocupação tola de quem ainda não conhecia a cultura norueguesa. O parque estava repleto de gente passeando, correndo, se divertindo. Contei, enquanto corria ao redor do lago, oito carrinhos de bebês, protegidos por capas plásticas, tranquilamente empurrados por jovens casais, indiferentes à chuva e ao frio. Crianças balançavam-se nos parquinhos, na maior alegria. Não fossem os pesados casacos e toucas, se portavam como num dia de verão.

Aprendi depois que nos domingos os noruegueses saem às ruas, aos parques, independentemente do tempo. De fato, se eles se entocassem como nós, ao menor sinal de chuva ou tempo frio, se contariam nos dedos de uma mão os domingos em que poderiam sair de casa com a família. Assim, orgulham-se em dizer que para um norueguês não existe tempo ruim; apenas roupas inadequadas.

Um forte abraço.

16. O MODELO NORUEGUÊS

Caríssimo,

Para muitos, a palavra petróleo traz logo à mente a ideia de maldição. E não sem razões. Basta olhar para o que aconteceu com o Iraque, Venezuela, Nigéria e tantos outros países que patinam em petróleo e atraso.

No entanto, existe um país, lá ao norte do mapa-múndi, para quem o petróleo foi uma benção. A Noruega era o segundo país mais pobre da Europa ao fim da Segunda Guerra, à frente apenas de Portugal. Hoje é o mais rico. Graças, em grande parte, ao petróleo.

Certa vez, perguntei a um amigo norueguês a razão do extraordinário bem que o petróleo fez ao país. Ele respondeu como se estivesse me contando um segredo:

– Tivemos muita sorte, Jorge. Quando, nos anos 1970, nos demos conta da dimensão das nossas reservas de petróleo, os políticos da época estavam iluminados e definiram que essa riqueza seria explorada em benefício de todo o povo norueguês!

Imagino que semelhante intenção tiveram, ou pretenderam ter tido, quase todas as autoridades – estarei sendo ingênuo? – que se debruçaram sobre o desenho de um modelo de desenvolvimento dos recursos petrolíferos de seus países. A diferença é que o modelo norueguês de fato beneficiou a todo o seu povo.

A Noruega conseguiu conciliar o que para muitos pode parecer impossível: dirigismo governamental eficiente e sem corrupção; desenvolvimento da indústria local do protecionismo a níveis de competitividade internacionais; produção de petróleo com respeito ao meio ambiente; arrecadar impostos em abundância e economizá-los.

O país, com área equivalente ao estado de Goiás e população inferior a 5 milhões de pessoas, é pequeno se comparado aos cerca de 30 bilhões de barris de petróleo descobertos na sua plataforma continental. A Noruega desenvolveu esses extraordinários recursos naturais no seu ritmo, cuidando para não afogar-se na abundância nem contaminar-se com a "doença holandesa" que se manifesta quando a exportação em excesso de recursos naturais sobrevaloriza a moeda local, tornando o país caro e pouco competitivo internacionalmente.

A produção de petróleo que excedia a capacidade de absorção econômica saudável do país era transferida do subsolo, onde não tinha valor, para um fundo de investimentos, soberano e transparente, que já acumula cerca de 500 bilhões de dólares, investidos em ativos internacionais. Apenas 4% dos rendimentos desse fundo são trazidos de volta ao país. Os administradores são cobrados mais sobre onde investem do que quanto rendem as aplicações. Investimentos em empresas que produzam armas, tabaco, usem trabalho infantil ou causem muito dano ambiental são proibidos.

Mas o que há de especial no modelo norueguês para produzir resultados tão admiráveis? Além de uma burocracia bem preparada e políticos disciplinados, nada que já não seja bem conhecido e aplicado com diferentes níveis de eficácia em muitos outros países, inclusive o Brasil.

A Noruega adota os contratos de concessão – nos quais o país é ressarcido pela cessão dos direitos de exploração dos seus recursos naturais por meio de impostos sobre a produção – e é estabelecida uma clara divisão de papéis e responsabilidades entre governo, agências reguladoras e empresas de petróleo, sejam estatais ou privadas. Modelo muito semelhante ao que foi adotado no Brasil quando da abertura aos investimentos privados, após o fim do monopólio no setor de petróleo em 1997.

A Noruega tributa fortemente as empresas que produzem petróleo na sua plataforma continental. Algo em torno de 78% sobre a margem líquida. Essa carga tributária tem se mantido estável ao longo do tempo e não é tão alta quanto parece, em razão dos incentivos fiscais lá praticados. O estado norueguês estimula, por meio de deduções nos impostos, novos investimentos em exploração, assim como em pesquisa e inovações tecnológicas. O governo chega a arcar com 78% dos custos de perfuração de um poço exploratório, tenha o poço sucesso ou não. Se descontados os incentivos fiscais, o nível de taxação sobre a produção de petróleo na Noruega se reduz a cerca de 67% do total das receitas líquidas, similar ao praticado hoje no Brasil.

Além da estabilidade, outro importante aspecto do regime fiscal norueguês é a neutralidade. Um projeto rentável antes da incidência dos impostos também o será após a tributação. Nenhum projeto deixa de ser desenvolvido por causa dos impostos. Todo projeto desenvolvido contribui com cerca de dois terços do seu lucro líquido para os cofres públicos. Taxar o lucro, não os investimentos, parece ser uma ideia simples e lógica, mas ainda não aprendida no Brasil.

O governo norueguês é ao mesmo tempo arrecadador e investidor. Boa parte das receitas governamentais norueguesas deriva dos seus investimentos em exploração e produção, feitos por meio de participações diretas nos campos de petróleo, administradas pela estatal Petoro. Investimentos feitos desde a fase de exploração e que hoje, em média 10 anos após as primeiras inversões, geram receitas proporcionais às participações societárias.

Pode parecer paradoxal, mas às empresas de petróleo interessa que o governo se aproprie do excedente das rendas do petróleo. Um regime fiscal em que a remuneração do investidor seja exagerada, ou percebida como tal, não terá vida longa. Para um investidor de longo prazo, como o são as empresas de petróleo, o mais importante é a estabilidade das regras, que não combina com lucros exorbitantes. Quando a instabilidade ou a tributação são excessivas, as empresas migram para ambientes mais favoráveis e os investimentos no país míngoam ou até desaparecem.

O modelo norueguês está a meio caminho entre o modelo americano, o mais liberal de que tenho notícia – os americanos têm ojeriza a que o governo se meta nas suas vidas e negócios; já os noruegueses têm uma confiança desmedida nos seus governos, e com boas razões –, e os modelos que nacionalizaram a totalidade das reservas e produção, em que o governo e sua estatal controlam integralmente o setor de petróleo.

Na Noruega, o governo sempre teve influência decisiva sobre sua indústria petroleira, com maior ou menor grau de envolvimento direto. Isso demonstra, para desgosto dos liberais mais ortodoxos, que é possível uma boa gestão de recursos naturais mesmo sob forte presença estatal. No entanto, mesmo diante das dimensões exuberantes das suas reservas, resistiu à tentação de nacionalizar ou afugentar investidores privados, por enxergar, com clareza, as vantagens para o país de se atrair investimentos, novas tecnologias e promover a competição entre empresas.

Tentando sintetizar, quando se debruçaram sobre como melhor aproveitar o presente recebido dos deuses nórdicos em forma de reservas de petróleo, os políticos noruegueses claramente priorizaram a criação de valor em longo prazo. A estratégia foi produzir petróleo com baixo custo, daí o estímulo à competição entre operadores, forte taxação sobre os lucros e uso das receitas para o bem das gerações presente e futuras. Secundariamente, estimularam o desenvolvimento tecnológico e a indústria local. Obtiveram êxito em todas as frentes. Hoje a indústria de bens e serviços norueguesa compete internacionalmente e se diferencia pela inovação.

Acho muito difícil, impossível mesmo, a replicação integral do modelo norueguês em outros países. Para lhe dar um exemplo, pouquíssimos países conseguiriam adotar, sem levantar suspeitas, a forma discricionária e subjetiva com que o governo norueguês distribui blocos exploratórios entre empresas concorrentes. Nesse quesito as rodadas de licitação promovidas pela nossa ANP são um exemplo de abertura, competitividade e transparência.

Talvez o aspecto do modelo norueguês mais difícil de reproduzir esteja no nível de desenvolvimento das pessoas e da democracia, tal como praticada por lá e, por consequência, dos políticos e instituições. Certamente, as dimensões do país e o número de habitantes favoreceram a admirável estrutura política e social por eles desenvolvida, tão difíceis de reproduzir.

A Noruega é hoje um dos poucos países – senão o único – grandes exportadores de petróleo a conseguirem estender crescimento e prosperidade a toda a sua população e às gerações futuras, transformando a maldição do petróleo em benção.

Um abraço afetuoso.

17. O PRÉ-SAL

Caro amigo,

No começo da minha carreira de petroleiro, uma das perguntas que mais me faziam era: "afinal, o Brasil tem ou não petróleo?"

Hoje, com a vantagem de 50 anos de exploração, já se tem uma boa resposta: o Brasil tem petróleo sim, mas não é um petróleo fácil.

Com o benefício do tempo, pode-se até dizer que foi melhor que o petróleo brasileiro não tenha sido fácil de descobrir, e ainda menos de produzir. Se o fosse, não teríamos desenvolvido, como desenvolvemos, nossa admirável capacidade tecnológica. Mesmo a economia brasileira, hoje mais desenvolvida e diversificada, é menos vulnerável às doenças associadas à produção de petróleo fácil, como bem ilustra o mau exemplo da Venezuela, caso clássico da maldição do petróleo, hoje pior do que quando da descoberta das suas vastas reservas que arrastaram o país para o rentismo, o elitismo e o populismo.

A maior parte do petróleo brasileiro resolveu dar o ar de sua graça na plataforma continental, a extensão do nosso território sob o oceano Atlântico. Quanto mais fundo íamos mar adentro, maiores eram as descobertas que fazíamos, e novos os desafios tecnológicos. Inicialmente na bacia de Campos, mais recentemente na bacia de Santos, onde foi descoberta essa nova província petrolífera a que se decidiu denominar pré-sal.

As grandes descobertas no pré-sal, os campos de Lula, Guará, Carioca, Franco, Libra, e muitas outras já feitas e ainda por fazer – estamos apenas arranhando o potencial dessa nova província –, como se não fosse dificuldade suficiente estarem sob cerca de 2 mil metros de oceano, ainda se apresentam a mais de 6 mil metros de profundidade e a 300km da costa, trazendo desafios tecnológicos e logísticos nunca dantes enfrentados.

A história do pré-sal, e mesmo de todo o petróleo brasileiro encontrado nas bacias marítimas, começa há cerca de 150 milhões de anos, num tempo conhecido como o período Cretáceo. Nessa época, como você sabe, os continentes da América do Sul e África formavam um único supercontinente, o Gondwana. Foi então que, pela força de correntes de lava que ascendiam do manto terrestre, o supercontinente começou a se romper, formando fraturas e falhas que resultaram em vales, alinhados ao longo das zonas de falha, onde se instalaram lindos lagos de água doce, muito semelhantes aos vales e lagos que hoje se veem na região chamada de Chifre da África, onde está acontecendo o início desse mesmo processo de ruptura e separação continental a que os geólogos chamam de *rifting*.

Nesses vales e lagos que se formaram ao longo do que hoje é a linha da costa brasileira, dinossauros passeavam despreocupados; eram os donos do lugar na época. O clima era muito quente e seco, o Brasil já era um país tropical.

E abençoado por Deus, pois no fundo desses lagos cretáceos começaram a se depositar a principal razão da futura riqueza petrolífera brasileira: finos sedimentos, riquíssimos em matéria orgânica, que, muitos milhões de anos depois, soterrados por milhares de metros de sedimentos mais novos, sob pressões e temperaturas tremendas, gerariam o petróleo que descobrimos inicialmente nos reservatórios mais rasos da bacia de Campos e mais recentemente em rochas ainda mais profundas, os reservatórios do pré-sal.

Mas por que chamamos esses reservatórios de pré-sal? Para entender, vamos continuar a história da separação dos continentes.

Sempre impulsionados pelas correntes magmáticas que subiam do manto por convecção, aqueles vales primitivos foram se expandindo. Então, num determinado momento, mais precisamente há 130 milhões de anos, as águas salgadas do mar, vindas do sul do continente, começaram a avançar e a alagar os vales, inicialmente tornando as águas dos lagos salobras e, gradualmente, formando pequenos mares, restritos em tamanho e não muito fundos. O sertão brasileiro da época começou a virar mar, como temia Antônio Conselheiro, em Canudos.

Lembre, meu amigo, que o clima naquele tempo era muito quente e seco, portanto era intensa a evaporação dessas águas marinhas rasas, salgadas e alcalinas, o que resultou na deposição de camadas e mais camadas de carbonatos e sal sobre os sedimentos lacustres de que falei anteriormente.

Esse período de mares restritos, confinados, deixou um saldo de milhares de metros de carbonatos e sais no fundo desses mares interiores. Os sedimentos depositados antes desse período foram chamados pelos geólogos de pré-sal, e os depositados depois de pós-sal. Simples assim.

Um dos mais interessantes entre os sedimentos pré-sal foram os que se depositaram à frente do que são hoje os estados do Rio de Janeiro, Espírito Santo e São Paulo, onde havia um vasto platô, uma extensa área mais rasa que as áreas adjacentes. Nesse platô, prosperou um tipo especial de bactéria, as cianobactérias, que se alimentavam de carbonatos, abundantes naquelas águas marinhas. Ao fim de suas curtas vidas, depositavam-se no fundo daqueles mares rasos, formando extensos tapetes calcários, que se acumulavam uns sobre os outros. Esses microbialitos – como essas rochas são chamadas pelos geólogos –, por apresentarem uma estrutura capaz de resistir às formidáveis pressões infligidas pelos milhares de metros de sedimentos sobrepostos e ainda preservarem boas condições de porosidade e permeabilidade, viriam a se tornar a principal rocha reservatório do pré-sal, armazenando o petróleo gerado bem mais tarde pelos sedimentos lacustres, ricos em matéria orgânica, de que lhe falei anteriormente.

Os continentes africano e sul-americano continuaram a se separar – até hoje ainda se afastam, a uma taxa de cerca de 3 centímetros por ano –, o fundo dos mares gradualmente cedendo e afundando, até que as condições de evaporação propícias à deposição de carbonatos e sal desapareceram. A essa altura já temos um mar aberto, o primitivo oceano Atlântico, e sobre o seu assoalho começaram a se depositar os sedimentos pós-sal. Na região em frente a São Paulo e Rio de Janeiro, muita areia e barro eram trazidos pelos rios que descem da Serra do Mar. Esses sedimentos, particularmente aqueles depositados longe da costa, levados por fortes correntes marinhas – os turbiditos –, iriam se tornar os principais reservatórios de petróleo no pós-sal.

Desde a década de 1970, os geólogos da Petrobras já sabiam que o petróleo encontrado na plataforma continental fora gerado, predominantemente, a partir de sedimentos lacustres muito profundos, abaixo das camadas de sal.

O sal é uma poderosa rocha selante, praticamente sem poros que permitam a passagem de petróleo, ou mesmo gás, gerados nos sedimentos subjacentes.

No início da exploração da bacia de Campos, os exploracionistas procuravam "janelas" no sal, falhas na seção salina por onde o petróleo gerado nos sedimentos lacustrinos pudesse ascender aos reservatórios mais rasos, ao alcance das sondas de perfuração da época. Essas "janelas" no sal e a presença de reservatórios eram mapeadas com o uso de informações geofísicas, principalmente dados sísmicos tridimensionais, um método que a partir dos anos 1970 viveu uma revolução tecnológica digital, com o advento dos supercomputadores.

A bacia de Santos, mais ao sul, apresentava um grande obstáculo à exploração de petróleo: justamente as camadas de sal, que, muito mais espessas que na bacia de Campos e praticamente sem janelas, impediam a migração do petróleo e colocavam a seção pré-sal a profundidades na época inatingíveis, até mesmo pela sísmica.

No entanto, a capacidade da sísmica e das sondas de perfuração evoluiu. Lembro bem quando, por volta do ano 2000, vi pela primeira vez seções sísmicas com imagens de boa qualidade abaixo do sal da bacia de Santos. Impressionava a dimensão das estruturas pré-sal na parte da bacia sob águas muito profundas. Estruturas formidáveis, com centenas de quilômetros quadrados. Se lá houvesse petróleo, os campos seriam gigantes.

Essas novas imagens dirimiram quaisquer dúvidas sobre a existência de sedimentos abaixo da seção salífera da bacia de Santos, e, portanto, lá estariam as mesmas generosas rochas geradoras, bem conhecidas na bacia de Campos.

Abaixo, rochas comprovadamente geradoras; acima, enormes estruturas sedimentares seladas por espessas camadas de sal. Estavam postas, na parte mais profunda da bacia de Santos, quase todas as condições para a acumulação de petróleo. Só havia uma dúvida, uma incerteza fundamental: haveria rochas reservatórios? Àquelas profundidades, sob tamanhas pressões, é muito difícil que rochas sedimentares guardem um mínimo de porosidade capaz de armazenar e produzir petróleo. Mas só há uma forma de se saber: perfurando.

Em 2005, a Petrobras e suas sócias BG e Partex, corajosamente, perfuraram o primeiro poço em águas profundas na bacia de Santos, visando ao pré-sal, e descobriram o campo de Parati. Mais importante que o campo foi a descoberta de uma então estranha rocha reservatório carbonática, surpreendentemente porosa para aquelas profundidades. Era um tipo de rocha pouco conhecida, ainda não havia sido encontrada em bacias marítimas brasileiras. Foi identificada como um microbialito.

O poço pioneiro de Parati custou caro, um dos mais caros já perfurados no Brasil, mas esse custo se justificou plenamente. Poços subsequentes, principalmente o que descobriu o campo de Tupi (hoje chamado de Lula), demonstraram que aqueles surpreendentes microbialitos se estendiam por centenas de quilômetros quadrados, sempre com boas condições para o armazenamento e a produção de petróleo. Um verdadeiro milagre geológico. Assim se descortinava a mais importante província petrolífera descoberta no planeta nos últimos tempos, cujas reservas colossais podem ultrapassar 50 bilhões de barris e levar o Brasil muito além da autossuficiência.

Pois é, meu amigo, a descoberta do pré-sal é o mais recente capítulo da história fantástica que começamos a escrever quando nos lançamos mar afora, desenvolvendo conhecimento geológico sobre as bacias marítimas e engenharia *offshore* capaz de produzir e transformar em riqueza o petróleo mais remoto. Uma descoberta que veio para mudar a paisagem da indústria brasileira de petróleo como a conhecíamos até então. Saberemos desenvolver esse extraordinário presente da Natureza para o bem de todos os brasileiros, desta e das próximas gerações? Esse será o assunto da minha próxima carta.

Um abraço forte.

18. NOVO MODELO, VELHAS IDEIAS

Caro amigo,

Você me fez uma boa pergunta: se a indústria do petróleo brasileira estava indo tão bem, porque mudaram as regras depois da descoberta do pré-sal?

De fato, o modelo brasileiro, adotado a partir da abertura do setor de petróleo, em 1997, foi extraordinariamente bem-sucedido. Com ele, chegamos à autossuficiência e às formidáveis descobertas do pré-sal. Foi possível a proeza de conciliarmos objetivos aparentemente incompatíveis: atrair ao país todas as grandes empresas de petróleo internacionais, estimular a criação de empresas privadas brasileiras e, ao mesmo tempo, fortalecer ainda mais a Petrobras. O modelo angariou ao Brasil admiração internacional, pela forma profissional e transparente com que a Agência Nacional do Petróleo conduziu as rodadas de licenciamento das áreas exploratórias.

O novo modelo, aprovado em 2010, introduz às áreas com potencial para descobertas no pré-sal o contrato de partilha de produção, em vez do de concessão, e só admite a Petrobras como empresa operadora nessas áreas, ou em outras que venham a ser consideradas estratégicas. Esta foi a mudança mais significativa.

O contrato de partilha em si não me parece uma boa ideia, mas não representa um entrave. Foram as próprias empresas internacionais de petróleo que o inventaram e introduziram em países menos desenvolvidos, com sistemas jurídicos pouco confiáveis, como uma forma de proteger ainda mais seus investimentos.

No contrato de partilha, os lucros da produção de petróleo são repartidos após os investidores se ressarcirem dos custos de exploração e desenvolvimento. Portanto, o risco dos custos é transferido para o país que hospeda os investimentos. O pré-sal é uma província cujo custo de desenvolvimento das reservas ainda está por ser mais bem dimensionado, embora se saiba que será alto. A teoria econômica e o bom senso ensinam que os riscos devem ser alocados aos agentes mais bem capacitados a administrá-los, nesse caso, claramente as empresas de petróleo, não o governo.

Não é verdade que esse tipo de contrato, de partilha, aumente os ganhos do país. É possível a definição, de antemão, de quanto deve ser a parcela do governo na divisão das rendas de um campo de petróleo tanto no contrato de concessão como no de partilha. Como os investidores têm menos estímulos para otimizar custos e, ainda por cima, é preciso criar uma agência, ou empresa estatal, para fiscalizar os custos que as operadoras irão transferir ao governo, os contratos de partilha tendem a aumentar os custos e diminuir as rendas do país. Por essas e outras razões, sou convencido de que o contrato de partilha é um dos aspectos do novo modelo de regulação que reduzem o valor do pré-sal brasileiro – mas não o principal.

O principal é restringir o desenvolvimento do pré-sal a uma única empresa operadora, por melhor que ela seja. A criação de riqueza em qualquer empreendimento se faz por meio de inovação e investimentos. A capacidade tecnológica e de investimento da Petrobras é formidável, mas será sempre menor que a soma da Petrobras ao conjunto das demais empresas operadoras no país.

A experiência demonstra que a competição entre operadores, com diferentes competências e estratégias, é a melhor forma de potencializar o valor dos recursos naturais de um país. A percepção de risco, custo e prêmio de um projeto exploratório varia bastante entre diferentes investidores, daí a grande variação entre os lances nos leilões de licitação de blocos exploratórios. A beleza de um ambiente aberto e competitivo está em os ativos migrarem naturalmente para os investidores que neles enxerguem e saibam extrair o maior valor, para o bem do verdadeiro dono dos ativos, no caso, o Brasil.

Nesse novo modelo, a forma de se leiloar os blocos exploratórios é inusitada e pouco eficiente. Ganham os investidores que oferecerem ao governo a maior participação nos lucros do projeto. Salvo nos consórcios em que Petrobras decidir participar, as demais ofertas serão feitas sem o aval da companhia, que irá operar o bloco – e de cuja performance dependerá, em muito, os lucros do projeto – e será obrigada a aderir como sócia e investidora com no mínimo 30% de participação, gostando ou não do bloco e da oferta.

Dar à Petrobras a opção de participar dos blocos seria uma grande vantagem; impingir-lhe a obrigação, nem tanto. Terá o dever de acompanhar ofertas feitas com base em avaliações com que eventualmente não concorde, ou mesmo baseadas em premissas estratégicas e comerciais diferentes das suas.

Para os investidores, a dúvida quanto ao apetite da Petrobras pelos blocos é uma incerteza crucial, pois, naturalmente, como operadora, vai priorizar a exploração dos blocos em que enxergar maior potencial. O investidor só poderá tentar descobrir como a Petrobras avalia seu bloco depois de ter feito o lance vencedor. Vai que a Petrobras não goste do bloco?

Adicionalmente, o sistema de governança dos consórcios que irão explorar o pré-sal é desconfortável para o investidor privado, e mesmo para a Petrobras, por introduzir conflitos de interesse nos comitês operacionais. A Pré-Sal Petróleo S.A. (PPSA), estatal que irá controlar os contratos de partilha, não participa dos investimentos, mas terá poder de veto sobre ações do consórcio – aliás, a comparação da PPSA com a estatal norueguesa Petoro não poderia ser mais imprópria; a Petoro cuida dos investimentos do Estado nos projetos de E&P, geralmente minoritários, e tem uma postura passiva nos comitês, e as ações de governo no setor se dão por meio dos ministérios e agências reguladoras. Os objetivos da PPSA serão naturalmente os do governo, que, embora legítimos, nem sempre serão coincidentes com os dos investidores, aumentando a incerteza e o risco dos investimentos. O governo pode e deve exercer controle sobre seus recursos naturais, ainda mais com as dimensões do pré-sal, mas a nível estratégico, não operacional.

Voltando à sua pergunta inicial – quais as razões da mudança de modelo? Falou-se em menor risco geológico na província pré-sal; até em risco zero, o que não existe. Mas esta justificativa também não faz sentido. Numa oferta de blocos por leilão, a avaliação do risco geológico está embutida no valor do lance, em qualquer que seja o tipo de contrato. Se uma empresa considerar que o risco geológico é pequeno ou mesmo nenhum, oferece ao governo, na forma de bônus de assinatura, um valor similar ao que ofereceria se fosse adquirir um campo já descoberto, como se faz comumente na indústria. A melhor garantia de o governo receber uma remuneração justa pelos recursos naturais que o país oferece é: 1) um sistema competitivo de acesso aos blocos exploratórios; 2) um regime tributário progressivo, isto é, que permita uma arrecadação extra caso as descobertas se revelem muito acima das previsões originais.

As chamadas Participações Especiais, que incidem sobre os campos de maiores reservas dentro do modelo anterior de concessão, são um exemplo de imposto progressivo. Há outros modelos fiscais também capazes de capturar a parte que cabe ao governo sobre ganhos extraordinários.

O governo agiu corretamente em suspender as licitações para refletir de forma mais aprofundada sobre como tirar maior proveito dessa nova província petrolífera, pelo bem dos brasileiros, desta e das futuras gerações. No entanto, lamentei que o debate sobre o novo modelo tenha sido dominado pela questão dos royalties. Ficamos discutindo como dividir o bolo e deixamos de lado a discussão mais importante: como fazer o bolo crescer.

Num importante aspecto, a legislação que estabeleceu o novo marco regulatório merece aplauso. Foram preservados e honrados todos os contratos anteriormente firmados, o que demonstra maturidade e visão de longo prazo. Mérito do governo Lula.

O novo modelo regulatório prejudica até o desenvolvimento da indústria brasileira de bens e serviços, objetivo em que governo, indústria e todos os brasileiros concordam ser de importância estratégica – seria desperdiçar uma oportunidade rara não aproveitar a escala e o horizonte de longo prazo das demandas do pré-sal para transformar o Brasil num importante fornecedor para a indústria de petróleo brasileira e mundial. O operador único se torna cliente único, aumentando o risco das empresas fornecedoras locais, limitando o desenvolvimento tecnológico e as oportunidades de internacionalização que um ambiente de maior diversidade de operadores propiciaria.

Enxergo nesse novo modelo ideias antigas, uma vontade de centralizar, um afã de controle governamental que vai além do necessário e razoável. Imagino também o interesse do governo em aproveitar a oportunidade para modificar a distribuição das receitas governamentais advindas do pré-sal, aumentando, evidentemente, a fatia destinada aos cofres controlados a partir de Brasília. Oportunidade esta que desandou num ácido embate federativo, opondo estados e municípios produtores e não produtores, que dominou o debate no Congresso e impediu uma discussão mais rica sobre que modelo regulatório seria melhor para o Brasil como um todo.

Pois é, meu amigo, vejo nessas mudanças no modelo regulatório do pré-sal um grave erro de política industrial, talvez o que nos trará maiores prejuízos desde a lei de reserva de mercado para a informática nos anos 1970. Esse novo modelo, no meu modo de ver, limita e erode, significativamente, o valor que o Brasil poderia extrair desses extraordinários novos recursos petrolíferos.

Um abraço forte.

19. PETRÓLEO NO MEIO AMBIENTE

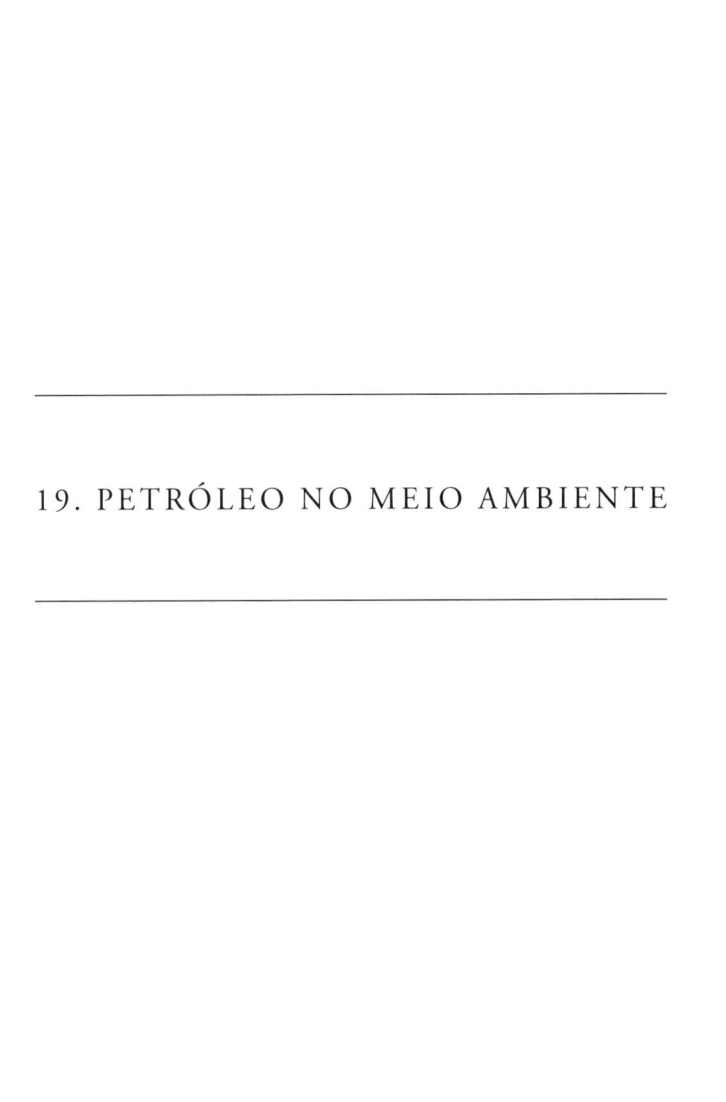

Meu querido amigo,

Ao me trazer suas preocupações com o impacto da nossa indústria sobre o meio ambiente – tão mais fortes e profundas na sua geração do que foram na minha –, você botou o dedo na ferida, apontou o dilema crucial não só da nossa indústria, mas do nosso tempo. Como conciliar a oferta de energia, de preferência farta e barata, fundamental para a prosperidade humana, com a preservação e o equilíbrio ambiental?

Sim, porque, deixando de lado considerações filosóficas ou espirituais, ainda não se descobriu nada mais poderoso que energia para melhorar a vida das pessoas. Entre as formas de energia disponíveis, nenhuma é, nem de perto, tão eficiente e barata quanto o nosso bom e velho petróleo. O nível de bem-estar de que hoje desfrutamos, mesmo que em doses extremamente desiguais, não seria possível sem a ajuda dessa sopa espessa de hidrocarbonetos, com cheiro de vinho Riesling, a que chamamos de petróleo. Energia gera prosperidade e reduz a miséria – de quem consome energia, é bom que se diga, porque entre os produtores, com exceção da Noruega, prevalece a "maldição do petróleo". Menos miséria significa menos poluição, principalmente nas cidades. Menos miséria, nas cidades e no campo, nos deixa a todos mais felizes.

Nossa indústria tem duas grandes vulnerabilidades ambientais: os vazamentos acidentais e as emissões. Os vazamentos, pelo impacto das imagens do óleo negro, viscoso, nojento, atingindo pobres aves marinhas indefesas ou contaminando o mar e regiões costeiras, são devastadores para a reputação das empresas envolvidas e para a indústria em geral, mas é um problema de relevância local. Os esforços da indústria na prevenção de vazamentos vêm reduzindo drasticamente a quantidade de petróleo derramado. Mesmo o impacto de grandes acidentes, como o recente Macondo, no Golfo do México, pela natureza biodegradável do petróleo, dilui-se e evanesce com o tempo.

Porém, a questão das emissões de CO_2 pela combustão de derivados de petróleo e gás é de relevância global, em razão do seu potencial efeito no clima.

Devo lhe dizer – e talvez o decepcione, por você ter uma opinião forte sobre o assunto – que tenho dúvidas sobre a real dimensão do efeito do CO_2 emitido pela atividade humana sobre o clima do planeta. Os bilhões de toneladas de CO_2 que emitimos descuidadamente pelas chaminés das nossas fábricas e pelo escapamento dos nossos veículos são apenas uma das muitas variáveis de um complexo processo de interação atmosfera-oceanos, em que gases de efeito estufa existentes, emitidos e absorvidos, naturalmente ou pela atividade humana, interferem no clima – não se esqueça de que são os gases de efeito estufa, como o vapor-d'água das nuvens, que nos mantêm quentinhos; sem eles, a Terra seria uma bola de gelo com uma temperatura média de -50°C!

São incontáveis, e quase imensuráveis, as variáveis atmosféricas, astronômicas, geológicas e biológicas que afetam o clima terrestre. Além disso, é ainda muito limitado nosso entendimento sobre elas, especialmente sobre o Sol, esse inescrutável comandante supremo das variações climáticas terrestres, capaz de nos colocar e tirar de períodos glaciais e desérticos, sem que ainda tenhamos entendido direito como começam ou terminam esses ciclos.

Por essas e outras razões, muitos cientistas são céticos quanto à confiabilidade das predições das modelagens do impacto das emissões humanas sobre o clima produzidas pelo pessoal do Painel Intergovernamental sobre Mudanças Climáticas (IPCC).

O homem tem uma tendência ancestral de se dar muita importância, colocar-se no centro do universo. A ciência, como bem disse Stephen Jay Gould, tem um longo histórico de chutar os pedestais em que o homem gosta de se colocar.

Se tenho dúvidas sobre o real impacto das emissões humanas de CO_2 sobre o clima, não tenho nenhuma dúvida de que devemos empreender um esforço planetário para limitar e reduzir as emissões poluentes. Tanto por ser prudente, diante dos cenários e argumentos apresentados pelo IPCC, como pela poluição do ar nas cidades onde a maioria de nós vive. Como fazê-lo é a grande questão.

A ideia de "cap and trade", protocolada em Kioto estabelecendo instrumentos de mercado para o controle das emissões, é interessante, mas sua implementação em escala global não é tarefa simples. Será eficiente e suficiente para conter as emissões? Depois de todos esses anos, tenho dúvidas. Vejo como mais prático – e sei que não vou agradar a muitos dos meus colegas na indústria – simplesmente taxar o CO_2 emitido. Dessa forma, seria conferida maior competitividade às fontes de energia alternativas e se traria um estímulo econômico fundamental para o desenvolvimento da tecnologia de sequestro do CO_2.

Vale aqui uma pausa para dois lembretes: 1) não há nada de errado com os combustíveis fósseis, não fosse o gás carbônico que liberam; 2) não existe energia inocente – todas, mesmo as renováveis, de uma forma ou de outra cobram um custo ambiental.

Vamos precisar de todas as formas de energia, ou pelo menos as minimamente viáveis, para suprir a demanda crescente, principalmente a dos bilhões de miseráveis que aspiram, com todo direito, a uma vida melhor, só possível com acesso a energia barata. Portanto, um imposto sobre carbono deveria ser aplicado de forma desigual: maior carga sobre os consumidores e países mais ricos, os que mais emitiram no passado e usufruem melhores condições de vida no presente.

Foi graças ao pesado imposto sobre emissões de carbono na produção de petróleo que a Noruega reduziu drasticamente a queima de gás na sua plataforma continental e fez da Statoil empresa pioneira no desenvolvimento da tecnologia de sequestro, reinjeção e armazenamento subterrâneo de CO_2, que lhe rendeu o prêmio da World Petroleum Conference de 2002, no Rio, pelo resultados obtidos no campo de Sleipner.

Mais do que as incertezas sobre o clima, o que às vezes me tira o sono é a percepção, hoje clara, de que com 7 bilhões de habitantes e caminhando para chegar aos 9 bilhões, esbarraremos em breve nos limites dos recursos naturais deste nosso generoso, porém finito, planeta azul. Já tivemos essa percepção antes, com Malthus, o Clube de Roma e outros profetas da catástrofe, mas desta vez é diferente. Basta usar um pouco de aritmética para se chegar à conclusão de que não será possível estender a todos o exagerado nível de consumo – de energia inclusive – de que desfrutam os países e pessoas mais prósperas. Nem continuarmos a explorar os recursos naturais do planeta como vimos fazendo desde a Revolução Industrial, como se não houvesse limites. Nem amanhã.

O que me dá alguma esperança e traz de volta o sono são movimentos contemporâneos, também fortes e na direção certa, pelo lado da demanda e da tecnologia.

Conversando com jovens como você e minha filha Ana Luisa, percebo ganhar força a ideia de se viver com menos. Cada vez mais, jovens, principalmente os mais bem instruídos, formadores de opinião, desprezam os ícones do consumismo, como carros possantes – sonhos de consumo e casos de amor da minha geração –, preferindo modelos menores, mais econômicos e menos poluentes, ou mesmo bicicletas. A satisfação de levar uma vida mais simples, mas não menos plena, parece estar ganhando os corações e mentes das novas gerações. Extrair prazer, até espiritual, em propagar um estilo de vida em que pequenos gestos individuais, do dia a dia, somados e replicados ao longo do tempo, irão reduzir o impacto ambiental e as demandas sobre o planeta.

Gosto de acreditar que a doença do consumismo desenfreado, desperdiçado, inconsequente, cujo mau exemplo é a quantidade e as dimensões absurdas de SUVs que se veem circulando pelas cidades americanas, geralmente conduzindo apenas seu motorista, não pode prevalecer. Já se vê na Europa, principalmente nos países escandinavos, que estão à frente em evolução civilizatória e servem de referência sobre como seremos amanhã, um nítido redirecionamento dos costumes para a valorização da parcimônia, da sustentabilidade, da preservação das condições e qualidade de vida das gerações futuras.

Dos asiáticos, que chegam aos bilhões ao fascinante mundo do consumo, pela própria cultura, mais espiritualizada e menos material, é de se esperar que vão direto para esse novo estilo de vida, sem passar pela fase do consumismo insensato. Até porque, como sabemos, não existe capacidade planetária para estender aos novos entrantes tais padrões de consumo. E seria justo guardar algo para quando chegarem os africanos.

É bom também lembrar que, caso fracassemos na preservação da nossa espécie por burrice ambiental coletiva, seria uma pena, mas nada que cause maior comoção ao planeta, menos ainda ao universo. Afinal, embora possa nos parecer inconcebível, foram bilhões de anos sem o prazer da nossa existência, e certamente serão muitos mais, com ou sem a nossa raça. Quem precisa de salvação somos nós, não o planeta.

Mas sou otimista em relação ao futuro da nossa espécie. A menos que caia sobre nós um meteorito como o que há 65 milhões de anos exterminou os dinossauros, que antes de nós dominaram a Terra, acredito que nossa extraordinária capacidade de adaptação e reação, na forma de novas tecnologias e estilos de vida, deverá nos preservar por ainda muitos milhões de anos. E serão tempos cada vez mais interessantes.

Um abraço forte.

20. TEMPOS INTERESSANTES

Querido amigo,

Às vezes fico imaginando o que diriam Walter Link, Pedro de Moura, João Neiva, Decio Oddone, Ben Barnes, Carlos Walter, Leopoldo Miguez e tantos outros bravos pioneiros, se voltassem ao nosso convívio e vissem aonde a gente chegou.

Iriam estranhar ver mulheres nas plataformas, nas sondas de perfuração, nas equipes sísmicas. As primeiras mulheres petroleiras de campo ingressaram na Petrobras na minha turma, em 1976 – por força de liminares judiciais, imagine! –, e desde então vêm ajudando a atenuar a dureza e a rispidez do ambiente operacional, e também a melhorar o linguajar e a aparência na mesa de jantar (da maioria) da rapaziada petroleira.

Ficariam mesmerizados com o quanto evoluiu a tecnologia de exploração e produção. Imagino o espanto dos geólogos e geofísicos de então diante das cores e texturas da imagens sísmicas que hoje produzimos, expondo a presença e os limites de acumulações de hidrocarbonetos, exibindo com nitidez canais submarinos, leques turbidíticos, como se estivéssemos a sobrevoar o próprio ambiente de deposição sedimentar há milhões de anos.

Não teriam como comparar os indicadores de segurança e meio ambiente de hoje com os dos primórdios da indústria, até porque nem eram medidos. Por não se importarem com essas "frescuras", ficariam impressionados com a intensidade dos treinamentos, a atenção obsessiva das lideranças, o cuidado e envolvimento de todos na prevenção de acidentes de trabalho e ambientais.

Ficariam boquiabertos com o tamanho das plataformas de perfuração e a dimensão das unidades flutuantes de produção, verdadeiras cidades-indústrias no meio do mar. Impressionados ao saber quão longe hoje se vai em busca de petróleo, mar adentro e mundo afora, nos ambientes mais hostis, nas condições mais adversas. Chocados com as guerras, com o quanto se morre e se mata por petróleo. Quando lhes contassem o preço do barril, começariam a entender a razão. O petróleo que os pioneiros perseguiam era fácil e barato – o que era doce se acabou.

Meus tempos de petroleiro foram e continuam sendo muito interessantes, mas acredito que os da sua geração serão ainda mais. Digo isso não apenas porque torço por sua felicidade e realização profissional, mas porque vejo como inexoráveis os avanços que deverão levar a indústria do petróleo brasileira a patamares muito mais altos e a transformações ainda mais profundas do que as que vivenciei. Senão, vejamos.

Graças às imensas reservas do pré-sal, o Brasil deverá elevar sua produção de petróleo dos atuais 2 milhões para acima de 6 milhões de barris diários. Ou seja, a partir de uma base já vigorosa, vamos, nas próximas décadas, triplicar as dimensões dessa indústria e de toda a cadeia produtiva que gravita no seu entorno. Pense nas oportunidades que terá de crescer no ofício de petroleiro que você em tão boa hora escolheu.

Ainda mais interessante do que esse fabuloso crescimento da produção, deverá ser a transformação do Brasil num dos principais polos mundiais de desenvolvimento e irradiação de novas tecnologias *offshore* do futuro. O pré-sal é sem dúvida a província que mais irá demandar e mais oportunidades tem a oferecer para o surgimento de ideias novas e criativas que tornem seu desenvolvimento ainda mais econômico e seguro. Há hoje dezenas de novos centros de pesquisa sendo instalados no Brasil, principalmente na Ilha do Fundão, vizinhos ao admirável Centro de Pesquisas da Petrobras e à Universidade Federal do Rio de Janeiro. Lado a lado, a maior oferta e a maior demanda mundiais de novas tecnologias *offshore*. Imagine, se for capaz, o potencial dessa fantástica combinação.

Entre as inovações mais ansiadas, estão novos métodos que permitam visualizar e prever o comportamento desses reservatórios carbonáticos, os tais microbialitos, muito mais complexos e tinhosos que os reservatórios clásticos do pós-sal, esses velhos conhecidos dos nossos geólogos e engenheiros de reservatórios.

É também de se esperar novas soluções logísticas para transportar pessoas e equipamentos para o teatro de operações do pré-sal a 300 quilômetros mar adentro – os campos de águas profundas da bacia de Campos, já um desafio logístico e tanto, estão a "apenas" 150 quilômetros da costa.

Quem sabe, o pré-sal da bacia de Santos não será no futuro um cenário de plataformas desabitadas, controladas de terra por meio de monitores de vídeo e manetes, operados por jovens felizes da vida por ganhar a vida como se estivessem brincando com um jogo eletrônico.

Há quem diga que no futuro as plataformas de petróleo serão habitadas apenas por um homem e um cachorro. O cachorro treinado para não deixar o homem tocar em nada. O homem para alimentar o cachorro...

O que fazer com o gás do pré-sal é também um dos desafios à frente. Aliás, estou convencido de que o gás irá dominar o cenário energético mundial nas próximas décadas. A revolução provocada pelo gás extraído de folhelhos e reservatórios hoje chamados de não convencionais não tem porque ficar restrita aos EUA; e deve se espalhar pela Europa, Ásia e América Latina. Essa nova perspectiva de gás farto e barato, além de menos poluente, contrastando com o petróleo e o carvão, cada vez mais caros econômica e ambientalmente, deverá garantir ao gás novos usos e parcelas crescentes da matriz energética mundial, além de uma significativa e bem-vinda ajuda no esforço de redução das emissões de CO_2.

Tenho certeza de que sua geração vai produzir novas tecnologias capazes de atenuar ainda mais os impactos ambientais que causamos e responder às exigências regulatórias, cada vez mais rigorosas, inclusive as relacionadas ao tratamento da água produzida junto com o petróleo e o gás. Essa é a principal preocupação no desenvolvimento dos reservatórios não convencionais, em que se liberam os hidrocarbonetos impregnados em rochas de baixíssimas porosidades e permeabilidades por meio do fraturamento por injeção de água sob alta pressão, em poços horizontais.

Vocês também irão conseguir, não tenho dúvida, reduzir muito o ritmo de declínio e aumentar substancialmente o volume total produzido de uma acumulação de petróleo. Talvez elevando o fator de recuperação dos atuais 30-40% para algo como 60-70%, e com isso praticamente dobrando as reservas recuperáveis de petróleo do planeta.

Tenho muita curiosidade em saber se um dia conseguiremos extrair e aproveitar o gás contido nos chamados hidratos de metano, gás em forma de gelo, abundantes nas camadas próximas ao fundo dos mares. Estima-se que a quantidade de energia contida nesse hidratos é pelo menos duas vezes superior a todas as reservas de óleo e gás que hoje conhecemos.

Como disse Nils Bohr, é muito difícil fazer previsões, principalmente sobre o futuro. Mas vou arriscar mais uma. Quaisquer que sejam as fontes de energia que venham no futuro a substituir o petróleo, serão ainda as empresas de petróleo – tão ou mais irreconhecíveis para nós como o seríamos hoje para os pioneiros de que falamos no início desta carta – que as estarão produzindo e comercializando. Será também a nossa indústria que estará à frente do esforço de captura e armazenamento de CO_2. Penso que nenhuma outra indústria teria a base tecnológica, a capacidade financeira e o foco estratégico – repare que o negócio dessa indústria não é petróleo, e sim energia – para empreender a transição para as futuras formas de energizar a vida no planeta, de forma cada vez mais limpa.

Pois é, meu amigo, além do extraordinário crescimento e transformação da nossa indústria do petróleo, aqueles da minha geração ainda viram o Brasil construir uma jovem e vibrante democracia, viveram o fim do pesadelo da inflação e início do sonho de um país menos desigual. Torço para que a sua consiga reverter o desmatamento da Amazônia. Reduzir nossas desigualdades sociais e cuidar melhor da Amazônia é o que ainda falta para o Brasil, a exemplo de sua indústria do petróleo, além do respeito que já conquistou, merecer a admiração de todos.

Esta será minha última carta. Era o que tinha a lhe contar. Despeço-me desejando-lhe muito boa sorte na profissão, e que viva tempos tão ou mais interessantes quanto os que vivi.

Um abraço, bem forte.

Cartão Resposta

05120048-7/2003-DR/RJ
Elsevier Editora Ltda

...CORREIOS...

SAC | ELSEVIER 0800 026 53 40 sac@elsevier.com.br

CARTÃO RESPOSTA
Não é necessário selar

O SELO SERÁ PAGO POR
Elsevier Editora Ltda

20299-999 - Rio de Janeiro - RJ

Por favor, preencha o formulário abaixo e envie pelos correios ou acesse www.elsevier.com.br/cartaoresposta. Agradecemos sua colaboração.

Seu nome: _____

Sexo: ☐ Feminino ☐ Masculino   CPF: _____

Endereço: _____

E-mail: _____

Curso ou Profissão: _____

Ano/Período em que estuda: _____

Livro adquirido e autor: _____

Como conheceu o livro?

☐ Mala direta
☐ Recomendação de amigo
☐ Recomendação de professor
☐ Site (qual?) _____
☐ Evento (qual?) _____
☐ E-mail da Campus/Elsevier
☐ Anúncio (onde?) _____
☐ Resenha em jornal, revista ou blog
☐ Outros (quais?) _____

Onde costuma comprar livros?

☐ Internet. Quais sites? _____
☐ Livrarias ☐ Feiras e eventos ☐ Mala direta

☐ Quero receber informações e ofertas especiais sobre livros da Campus/Elsevier e Parceiros.

Siga-nos no twitter @CampusElsevier

Qual(is) o(s) conteúdo(s) de seu interesse?

Concursos
- [ ] Administração Pública e Orçamento
- [ ] Arquivologia
- [ ] Atualidades
- [ ] Ciências Exatas
- [ ] Contabilidade
- [ ] Direito e Legislação
- [ ] Economia
- [ ] Educação Física
- [ ] Engenharia
- [ ] Física
- [ ] Gestão de Pessoas
- [ ] Informática
- [ ] Língua Portuguesa
- [ ] Línguas Estrangeiras
- [ ] Saúde
- [ ] Sistema Financeiro e Bancário
- [ ] Técnicas de Estudo e Motivação
- [ ] Todas as Áreas
- [ ] Outros (quais?): _____

Educação & Referência
- [ ] Comportamento
- [ ] Desenvolvimento Sustentável
- [ ] Dicionários e Enciclopédias
- [ ] Divulgação Científica
- [ ] Educação Familiar
- [ ] Finanças Pessoais
- [ ] Idiomas
- [ ] Interesse Geral
- [ ] Motivação
- [ ] Qualidade de Vida
- [ ] Sociedade e Política

Jurídicos
- [ ] Direito e Processo do Trabalho/Previdenciário
- [ ] Direito Processual Civil
- [ ] Direito e Processo Penal
- [ ] Direito Administrativo
- [ ] Direito Constitucional
- [ ] Direito Civil
- [ ] Direito Empresarial
- [ ] Direito Econômico e Concorrencial
- [ ] Direito do Consumidor
- [ ] Linguagem Jurídica/Argumentação/Monografia
- [ ] Direito Ambiental
- [ ] Filosofia e Teoria do Direito/Ética
- [ ] Direito Internacional
- [ ] História e Introdução ao Direito
- [ ] Sociologia Jurídica
- [ ] Todas as Áreas

Media Technology
- [ ] Animação e Computação Gráfica
- [ ] Áudio
- [ ] Filme e Vídeo
- [ ] Fotografia
- [ ] Jogos
- [ ] Multimídia e Web

Negócios
- [ ] Administração/Gestão Empresarial
- [ ] Biografias
- [ ] Carreira e Liderança Empresariais
- [ ] E-business
- [ ] Estratégia
- [ ] Light Business
- [ ] Marketing/Vendas
- [ ] RH/Gestão de Pessoas
- [ ] Tecnologia

Universitários
- [ ] Administração
- [ ] Ciências Políticas
- [ ] Computação
- [ ] Comunicação
- [ ] Economia
- [ ] Engenharia
- [ ] Estatística
- [ ] Finanças
- [ ] Física
- [ ] História
- [ ] Psicologia
- [ ] Relações Internacionais
- [ ] Turismo

Áreas da Saúde
- [ ]

Outras áreas (quais?): _____

Tem algum comentário sobre este livro que deseja compartilhar conosco?